うそっ、侯爵令嬢を押《お》し退《の》けて王子の婚約者（仮）になった女に転生？

～しかも今日から王妃教育ですって？～

人物紹介
Characters
ビンセント
この国の王太子。
これまで優秀な侯爵令嬢と婚約していたが、ソフィアと出会ったことでその婚約を解消。
ソフィアを溺愛する。
ソフィア
突如、常識的な日本人女性の自我が蘇ってしまった子爵令嬢。
それまでの「ソフィア」のお花畑ぶりに戸惑いを隠せない。

ステファニー
優秀だと評判の侯爵令嬢。ビンセントの婚約者であったが、彼に嫌われていて婚約を解消された。
キャサリン
ビンセントの母でこの国の王妃。ステファニーを気に入っている。
アルベルト
隣国の王子。何やら思惑がありそうで……!?

プロローグ

本日より王宮にて子爵令嬢の王妃教育が始まります。

王太子殿下と子爵令嬢の出会いは、学園で彼女が不注意により殿下にご迷惑をおかけしたこと。

その後、彼女は何かと殿下にお世話になり、二人は徐々に親密な関係になっていきました。

学園での子爵令嬢の立場は良いものではありませんでした。

彼女が殿下と親しくするのを不快と感じる方々がいらっしゃったのです。

その方々の中には殿下の婚約者様もおられました。

そうです、殿下には幼い頃より王妃様がお決めになった婚約者がいらしゃったのです。

その婚約は政略によるもので、お二人の仲は良いと言えるものではありませんでした。

学園でもご一緒にいることは殆《ほとん》どなく、パーティーでも殿下が婚約者様をエスコートなさることは一度もございませんでした。

殿下から婚約者様に贈り物一つしたことがないというのは有名な話です。

ただし、婚約者様にはなんら瑕疵《かし》はございません。それどころか、誰もが彼女を次期王妃様と認めておりました。

あれほど完璧な令嬢は他の国にもいないのではありませんか？

そんな中で、殿下お一人が婚約者様をお認めになりませんでした。殿下は完璧すぎる婚約者様を遠ざけていたのです。

殿下の側近の方達は殿下のお気持ちを感じ取っていたのでしょう。なるべくお二人がご一緒なさることのないように気を遣《つか》っていたようです。

婚約者様は殿下の婚約者候補の中で最も家の爵位が高く、能力も申し分ない、見た目もお人形のように美しい方でした。

ですから、彼女は王妃様のお気に入りで、すぐに婚約者となりました。

当人達の仲が悪くても国政と比べれば些細《ささい》なもの。皆、見て見ぬ振りをしたのです。

婚約者様が社交界デビューの日に着たドレスは王妃様が殿下名義で贈ったとは、有名な話です。

それらのことは貴族の間では公然の秘密でした。

それでも婚約者様から殿下を奪おうという不届き者は………おりましたが、殿下のお心を射止める方はいませんでした。

――学園に入学するまでは。

学園で多くの人達と交わって見聞を広めていく中で、殿下は一人の令嬢に出会います。

彼女は子爵令嬢とはいえ、貴族とは思えない品のない振る舞いをする人でした。

人との距離がとても近く、明けすけに自分の感情を表します。表情にはっきりと喜怒哀楽を示し、気持ちを遠慮なく口にする。

そんな分かりやすい人間でした。

そう人間だったのです。

王太子殿下曰《いわ》く、彼女といると楽になれるそうです。

逆に婚約者様がお傍《そば》にいると息が詰まるとか。

長年の婚約者様との苦悩の日々から子爵令嬢が解放してくれたと、二人の仲は急速に深まっていきました。

殿下と子爵令嬢との会話は途切れることがありません。

彼女は何を見ても何を聞いてもいつも楽しそうで、素直に驚く。

ただニコニコしているだけで感情が読めない婚約者様とは違っていたのです。

待ち望んでいた人間としての反応に、殿下は心を踊らせました。

そのお礼にと、子爵令嬢にドレスと靴を贈ったそうです。

その時、殿下は初めて令嬢に贈り物をしました。

そして、殿下の誕生日を祝うパーティーの最初のダンスのパートナーを子爵令嬢が務めました。

それは、社交界に激震を走らせました。

今まで誰ともダンスをしなかった殿下が婚約者でもない子爵令嬢とダンスをしたからです。

ここまでいくと最悪の結末を迎えるのではと、誰もが懸念しました。

だが、それを口にする者はいません。

不敬だというのではなく、口にすることで現実になるのを恐れたのです。

何事も起こりませんようにと誰もが見守っていました。

唯一、婚約者様と仲の良い学園の生徒達だけが耐えかね、子爵令嬢へ辛《つら》く当たっていました。

そのような行動が耳に入り、殿下の気持ちは婚約者様から離れていく一方。

もう二人の関係修復は不可能だったのでしょう。

学園の卒業式に、殿下は自身の婚約を解消いたしました。

卒業生全員の前で宣言されたため、婚約解消はすぐに公《おおやけ》になります。

そしてその時、殿下の隣にいた子爵令嬢が新たな婚約者となりました。

誰も認めない婚約者が誕生した瞬間です。

そのような訳で、今日から王宮にて王妃教育が始まります。


——その子爵令嬢が、今私が持っている身体の女性だった。

名前はソフィア・グレゴリー、子爵令嬢。

つまり私はこの国の王太子であるビンセント・アセトン殿下の婚約者になった。

1

ただ今、本日より始まる王妃教育のため、私は王宮へ向かっていた。

一生王宮になんて着かなければ良いのにと本気で願っている。

だって、ソフィアは婚約者がいる男性に無責任に近づき奪い取った女。

私はそんなこと一切望んでいない。

何故《なぜ》、流行《はや》りのざまぁ展開が起きなかったんだ？

侯爵令嬢様は転生者じゃなかったのね……

そう溜め息を吐《つ》く。

――ビンセント殿下との出会いは偶然？　ご迷惑をかけた？

いえいえ、あれは計算されたものだ。

私は子爵令嬢の記憶を覗けるのだが、教科書とノートを持ったソフィアがわざと殿下が来るタイミングを見計らって突撃したのを覚えている。

勿論《もちろん》、王太子殿下と分かりながら、知らない振りをして馴れ馴れしい態度で近づいたのだ。

殿下が侯爵令嬢であるステファニー・グロッサム様と婚約していたことも知っていた。

彼女は幼い頃より様々な教養を身につけ、教師からの受けも良い。完璧な淑女。

一方、ビンセント殿下のほうは人間味がある？

……とても良い言い方ですね。

実際は、ただのワガママ駄々《だだ》っ子《こ》なのだ。

子供なら赦《ゆる》されるけれど……

学問は可もなく不可もない、剣術もある程度こなすが、自分より明らかに実力のある者を避け自身の能力と向き合おうとしないと言われている。

使用人への態度も悪いらしく、「お仕えしたくない方」と噂されているほどだ。

王族を護衛する騎士にも不遜《ふそん》な態度で反感を買っている。

殿下の態度は婚約者様に対するものが一番ひどく、侯爵令嬢という立場の方に対してとても無礼だった。

彼はご自身より能力の高い彼女に対して苦手意識があったようだ。

そんなことはないといくら周囲の人間が話しても、卑屈になり、侯爵令嬢を避けていた。

殿下が努力していないわけではないのを私は知っている、ただステファニー様が優秀すぎるのだ。

殿下は侯爵令嬢が絡むとまともな判断ができないほど萎縮していた。

決定的だったのは彼女の社交界デビューでの事件だろう。

パーティーのエスコートは婚約者が務めるのが常識だ。

殿下だって侯爵令嬢をエスコートするつもりでいた。

けれどパーティー三日前に、学園に入学するための能力を見極める剣術の試験で足を怪我し、エスコートを断念せざるを得なかったのだ。

事実を知らない貴族達は、エスコートを拒否した殿下を愚か者、卑怯者と扱き下《こお》ろした。その心ない言葉はしっかりと殿下の耳に届いていた。

それを切っ掛けに、殿下は完全に侯爵令嬢を拒絶するようになったらしい。

けれど、どんなに二人が不仲であっても、ステファニー様を大層気に入っている王妃様は婚約解消を赦《ゆる》さなかった。その頃から、殿下は王妃様のことも避け始めたようだ。

そして、殿下は例の子爵令嬢《ソフィア》との出会いを果たす。

淑女教育をきちんと施《ほどこ》された令嬢にしか会ったことがなかった殿下にとって、ソフィアは新鮮だったに違いない。

よく笑い単純なことで誉めてくれる子爵令嬢に心が癒《いや》されていったとか。

侯爵令嬢に無言の圧力をかけられ常に完璧を求められて気の休まる暇がなかったところに、弱音を吐ける存在が現れた。

殿下は自ら子爵令嬢を探すようになる。

婚約者でもない令嬢を殿下のお傍《そば》にいさせて良いものかと戸惑《とまど》っていた側近達も、今までとは全く違う明るい表情の殿下を見て、二人を引き離せない。

婚約者や貴族達からの重圧に押し潰されそうになっている殿下を常に傍《そば》で見てきた彼ら。

心が壊れてしまう寸前で差しのべられた手にすがるのは、仕方がないように思えたと、後から聞いた。

殿下の心が護られるのならと側近達は子爵令嬢の存在に目を瞑《つむ》る。

けれど、まさか殿下の誕生日パーティーにソフィアをエスコートするとは、予想だにしていなかっただろう。

その時のソフィアはドレスも靴も、全てが殿下の瞳の色をした一級品を身につけていた。

それを見て会場にいた者は絶句する。

凡庸《ぼんよう》でおとなしい殿下がそこまで婚約者を蔑《ないがし》ろにする行動に出るとは、誰も考えていなかったのだ。

その後も殿下は子爵令嬢の隣では堂々と胸を張り、まさに王族らしい威厳さえまとうようになる。

それほどまで子爵令嬢の存在は殿下にとって大きなもの。

この光景を見て、殿下の婚約者である侯爵令嬢はどんな反応を示したかというと、令嬢はいつものように優雅な笑みを浮かべていた。

——まるで人形のように。

側近達はここにきて漸《よう》く、殿下の感じていた侯爵令嬢に対する恐怖を体験する。

どのような事態が起きても表情を崩すことのない、完璧すぎる女性。

以降、彼らは積極的に子爵令嬢との密会を手伝った。

幼い頃より傍《そば》にいる側近達には、殿下の苦悩が全て分かっていた。だから、殿下が殿下であるために、子爵令嬢の存在を黙認する。

けれど、他の貴族はそうはいかない。

次第に身分の低い子爵令嬢は嫌がらせを受けるようになる。

初めは、子爵令嬢は淑女教育がなっていないという正論。

婚約者のいる男性に近づくなというのはごもっともなので、側近達も敢《あ》えてソフィアを助けはしなかった。

だが次第に、子爵令嬢のものを破壊したり、春とはいえ、まだ肌寒い時期に噴水に突き飛ばしたりする者が現れ始める。

これ以上は看過できないと判断した側近達は殿下に報告、殿下は嫌がらせをした者達を呼び出して尋ねた。

彼らの言い分は、婚約者である侯爵令嬢が痛ましく見ていられなかったとのことだ。そして、殿下が間違っていると発言する者もいた。

その態度に、殿下への敬意が全く感じられないと側近達は感じたようだ。

殿下は処分を下すと宣言したものの、王妃陛下の力によって彼らはなんのお咎《とが》めもなく学園生活を続けた。

お陰で殿下はまたも自身の無力さに悩まされることになったのだ。

そしてますます子爵令嬢の天真爛漫《てんしんらんまん》さに救われた。

だから卒業パーティーでのビンセント殿下の振る舞いは、起こるべくして起きたもの。側近達にとってはさほど驚くことではなかった。

婚約解消を宣言する殿下は、緊張はしていても生命力に満ち溢れている。これで少しでも殿下が楽になれるのであればと、側近達も協力するつもりだ。

ただ問題は、子爵令嬢にある。

侯爵令嬢が行っていた王妃教育を彼女がこなせるとは到底思えないというのが、側近達の素直な意見だ。

幼子でも知っている礼儀作法すらままならないのに、王妃としての振る舞いを身につけるのには何年かかるのか……

三日もしないで逃げ出すのでは？

王妃教育が終了次第、名のある高位貴族の養子にならないと身分的にも釣り合わないのに、このままではまともな高位貴族は誰もソフィアを養子にしないだろう。

それどころか、王妃教育の厳しさを利用して子爵令嬢を貴族社会から追い出す計画を立てているそうだ。

彼らの計画通り子爵令嬢が逃げ出した場合、殿下の立場は更に悪くなる。

それだけは避けなければならない。

子爵令嬢を王妃ではなく側妃にすればなんの問題もなかったかもしれないが、殿下自身は傍《そば》に侯爵令嬢がいるのを赦《ゆる》せなかった。

こうなると側近達にできるのは、王妃教育の先生方を味方につけること。

それしかなかった。

馬車の扉をノックをされ、私は王宮に着いたことを知らされる。

鍵が壊れて開かなければいいのにと思うものの、馬車の扉は無情にも開かれた。

馬車から覗く空は眩《まぶ》しいほど澄み渡る青空で、この世の全ての穢《けが》れが取り払われているとさえ感じる。

この子爵令嬢から穢《けが》れがなくなったら、何も残らないだろうな。それなのに私はなぜここにいるのだろうか……

眩《まぶ》しすぎる太陽に目を細めながら、現実から目を逸《そ》らしたい気持ちで一杯だった。

だって……「だって」って言うなってお母さんに怒られていたけど、今は許してほしい。

だって、これから始まるのは王妃教育。

やらかした人の尻拭《しりぬぐ》いで私が王妃教育を受けることになった。皆が失態を望み、罰を下そうとウズウズしている状態。

見た目は同じでも中身は別人なんです……なんて、誰も信じてくれない。

倒れてしまいたいと思うのに、健康体な私はしっかりとした足取りで一歩を踏みしめる。すると
そこには、現実とは思えない光景が広がっていた。

見目麗《うるわ》しい男性が素敵な笑顔で待ち構えている。

まるで映画のワンシーンのような光景は、他人事のように美しいとさえ感じた。

……映画のワンシーンだったらどれだけ良かったか。

目の前にいる彼は私をエスコートしてくれるらしい。

なぜ私をエスコートするのかというと、私が彼の婚約者を名乗り出たせいだ。

実際のところ、私にはあまり実感がない。

彼は王族。

そう、物語とかに出てくる王子様。

何も知らない幼い頃であれば、いつか白馬に乗った王子様が現れるなんて夢を見られたが……

そういうのは夢で良いんだ。現実は甘くないことを、前世である程度の年まで成長していた私は知っている。

王子様の相手には、それなりに教養だの人脈だのが必要で、精神的にも強い人間でないと無理だ。

もしくはプレッシャーなど感じない、自身が置かれている立場が理解できないほどの能天気。

ところが、前世の私は周囲を気にしながら目立たないように生きてきた人間だった。

そんな私が王子様の新たな婚約者なんて努まるはずが……

第一、この身体《ソフィア》は、子爵令嬢という立場。

この国の貴族は上から公爵、侯爵、伯爵、子爵、男爵からなる。

ソフィアの父は上から四番目、下から二番目の子爵だ。

一応貴族の端くれで、王宮に出入りが許されているが、高位ではない。

そんな下位貴族の令嬢をわざわざ王太子殿下自らエスコートなさるなんて……

ソフィアは子爵令嬢ですよ？

殿下がわざわざエスコートなさるような身分の人間じゃない。

私は現実逃避しながら殿下にエスコートされ、王妃教育を受ける部屋に案内される。

逃げ出せるものなら逃げ出したい。淑女にあるまじき行為——スカートをたくし上げ猛ダッシュで走り去りたい。

だけどそんな考えも、厳《おごそ》かな王宮に一歩踏み入れた瞬間に消えた。

突き刺すような視線を全身に感じ、心臓が捕えられたみたいに痛む。

身体が硬直し思うように動けないのに、足だけが勝手に進んでいた。

誰かに操られているのか、私の意思とは逆に身体が恐ろしい場所へ吸い込まれる
すれ違う使用人の視線から、今私が置かれている状況が予想通り最悪なものだと知る。

予想が外れてほしかった。

この空間全てが私を拒絶し、空気が重く息苦しい。

立ち止まった扉の向こうにいるであろう人物に、私は叩きのめされるに違いなかった。

殺されることはないと分かっていても、恐怖で足が震える。

王妃教育は「教育」であっていじめや嫌がらせ、精神的苦痛を与えるものではないが……

立ち姿、座る姿勢、歩き方、お辞儀の仕方、カップの持ち方、ダンス、国の歴史、政治、経済、芸術、賓客のもてなし方その他、諸々をこれから教えられる。暴力を受けることはない。

できなければお叱《しか》りを受けるが、それ以上のことはされない……はず。

とにかく、私を貴族社会から追い出すための地獄合宿が始まろうとしていた。

あの……泣いても良いですか？

恐るべき王妃教育が始まった。

私は……今までの甘えを全て叩き直され、身も心もボロボロに……

……と思ったのだが、思いの外、普通だ。

まずは礼儀作法から始まり、立ち姿、座る姿勢、歩き方を教えられる。

今まで意識したことがないことを細かく指導され、いかに普段の姿勢が悪かったのかを知った。

身体中の骨と筋肉が悲鳴を上げるが、間違ったことを教わっているわけではないので、やりがいがあり充実している。

よく考えると、王族が学ぶ高レベルなマナーを学べるなんて超ラッキーなのでは？

贅沢《ぜいたく》すぎる環境に興奮が収まらない。

たとえビンセント殿下との婚約が解消されたとしても……それは時間の問題だろうし、正しい姿勢を身につけておいて損はない。

この世界のことを何も知らない私には、一流の教師陣に学べる環境はとても有難かった。

私が目覚めた時には学園を卒業していたので、この王妃教育には本当に感謝している。

今後も貴族でいられるか分からないが、知識は一つでも多いほうがいい。

先生方は私に厳しく接して、私が王子に泣きつくのを待っている。

そのため、嘘を教えはしなかった。

私は王族が受けるような教育を「無料」で受けているのだ。

前世の私は「無料」が大好きだった。

確か、初回無料の英会話教室に複数参加した結果、お金を払わず英語を身につけ留学した人がいたとか。

無料をそこまで使いこなせるなんて凄《すご》い。

私もそうなりたい。

文句なんて言うはずもく、私は教師の教えにしがみついた。

一流の先生からの言葉は素直に聞く。

まぁ多少は、嫌みを言われ、侯爵令嬢と比較はされたがどうということはない。

仕方がないことだと理解している。

前と今の婚約者を比べ、家にとって利益のある選択をするのは貴族であれば当然のこと。それが王族であれば尚更だ。

以前の私――ソフィアがしてしまったことの代償だと受け入れるしかない。

前の婚約者は長年国を支えてきた侯爵家の愛娘で、本人も優秀だと評判だった。

そんな人を押《お》し退《の》けて王太子の婚約者になってしまったのが、特別な取り柄もない子爵令嬢。

誰が見てもこの婚約は間違っている。

何故《なぜ》ビンセント殿下がソフィアを選んだのか私にも分からない。

もう少し早く私が意識を取り戻していたら、こんなことにはならなかった。

起きてしまったことは仕方がない。私は私にできることを精一杯するしかなかった。

真面目に教育を受けていると、教師の思いが伝わってくる。

厳しく冷たい印象の彼女だが、侯爵令嬢に対する愛を感じた。

きっと侯爵令嬢に教えていたのもこの方だったのだろう。

教師の中には、「前任の方が新たな婚約者には教えたくないということで、代わりに私が選ばれました」とご丁寧に教えてくださる方もいた。

王族の依頼であっても断る人がいたのに、目の前の方は承諾してくれたということだ。

優秀な侯爵令嬢に教えていた方が、侯爵令嬢の婚約者を奪った私に教えるのを不快に思うことは仕方がない。幼い頃より手塩にかけて育て上げた完璧な令嬢の地位が、どこの馬の骨だか分からん女に無意味に奪われたのだ。恨みたくもなるのに、再び王妃教育を受け持った。

王族の要望では断りづらいとはいえ、怒りが込み上げたに違いない。

それなのに私への対応は常識の範囲に収まっている。それはここにいる人達が誇り高いからだ。

本当なら闇討ち暗殺・毒殺されていてもおかしくない。

あーあ、そんな女に転生するなんて⁉

嫌すぎる。

せめてソフィアがざまぁされていたら、彼女の後の人生を自由に生きられるのに。

なんで略奪成功しちゃってるかな。

私にはソフィアが理解できない。

私、何か悪いことしちゃったのかな？

ソフィアになっていることは、以前の私は死んだのよね。

なんで？　真面目に生きてたのに……

確か、彼氏に浮気されて捨てられたことは覚えている。浮気するような男なんて最低だってふっ切って、就活に専念していたはず……

その後のことが思い出せない。

今の私って前世を思い出した状態？　それとも事故とかにあって生死をさまよっている間に見ている夢が今？

頬をつねった感触からして夢ではない。

となると、前世を思い出したか、憑依《ひょうい》したか……

いくら悩んでも正解は分からない。今の私は与えられた環境で全力を尽くすのみ。勝手に環境を変えることは許されない。

置かれた状況で一日でも長く平穏に生き延びようと、改めて心に誓う。

神様、真面目に過ごすのでどうか私を殺さないでください。


【王妃教育を担当する者】

どんな令嬢が来ようと、私は手を抜かない。

王妃陛下の命により、私は王太子殿下の新たな婚約者の教育係を請け負った。

けれど、その女を次期王妃と認めることは決してないと思う。

前の婚約者のステファニー様はとても素晴らしかった。

幼い頃より私が教えてきたんだもの。

もの分かりも良く淑女教育も滞《とどこお》りなく進んでいた。

もっとも、これならばと王妃教育を嬉々として進めたが、ある時から躓《つまず》き始める。

その後は、本人の努力で及第点といったところだ。

けれど、あの子はちゃんと努力をしていた。

確かに私から見ても殿下との関係は良好ではなかったが、次期王妃としてがんばっていたし家柄も充分だ。

彼女が王妃であることに貴族からの反対は殆《ほとん》ど出ないだろう。国としてはいらぬ諍《いさか》いを抑えられる。

王家にとって問題のない相手だ。

父の侯爵は社交的で恨みを抱かれる人物ではない。

いい人が嫌いという人間がいるのであれば、侯爵は嫌われているかもしれないが、そんな人間は極少数だろう。

そんな侯爵の娘だ、誰もが問題ないと判断していた。

だが、殿下とステファニー様の相性は信じられないくらい悪かった。

学園での様子までは知らないが、社交界での噂は私にも届いている。

侯爵令嬢と不仲というだけならまだしも、婚約者のいる殿下が子爵令嬢に現《うつつ》を抜かしているなど信じられず、私はある時、ステファニー様に確認をとった。

「――私が至らないばかりに、先生にまでご心配をお掛けして申し訳ありません」

そう言った彼女の言葉で噂は事実なのだと知る。

貴方は悪くないと言いたかったが、貴族社会では婚約が駄目になるのは女性の恥に繋がる。女性側の責任にされてしまうのだ。

彼女に酷なことを強《し》いている。それは分かっていた。

それでも私達はステファニー様を解放することはできない。

全ては国のため。令嬢本人もそれは分かっていたことだろう。

私がそう教えたのだから。

王族になるとは国を背負うということ。一時の感情に振り回され安易に行動してはならない。

私は令嬢にはちゃんと教えた。

なのに、王太子担当の者は何を教えていたんだ？

多くの者が参加する卒業パーティーで婚約解消を言い出すなど、考えられない。

国王陛下の許可がないことも言語道断だが、醜態《しゅうたい》を晒《さら》すとは……

愚かな行為を耳にした時は理解ができず言葉を失ったほどだ。

不快感を表情に出すという失態を、不本意ながら犯してしまった。

何故《なぜ》このようなことになった？

悔しくて堪《たま》らず、怒りで全身が震える。

今から来る子爵令嬢について、渡された資料を私は何度も読み直した。

身分については気にしない、私が重視したのは教養だ。

資料には彼女は淑女教育も学んでおらず、学園での成績も這《は》いずるような結果とある。

誉められる点は一切ないにもかかわらず、王太子殿下の婚約者になろうと考えるなんて……

彼女とまともな会話ができるとは思えない。

貴族社会を知らない平民が殿下に近付いてしまった……それならまだ納得できるのだが、彼女は貴族。人の婚約者を奪う行為にどれほどの代償が伴うか教えられているはず。

その程度のことも理解できない頭なの？

ビンセント殿下とステファニー様が不仲なのは事実なので、これまでもあわよくばを狙う令嬢は多数いた。だが、皆、側室目当てだ。

侯爵家を敵に回すことはなかった。

ステファニー様に問題があればまだ、婚約破棄という選択肢もあっただろう。だが、そのようなことは一切ない。

完全な殿下の有責で、王家の恥だ。

ビンセント殿下がこのようなことをしでかしたのは、子爵令嬢と関わることで正常な判断ができなくなった結果だろう。

元からここまで愚かだったとは思いたくない。

そんな令嬢を教えなければならないなんて……

王妃様の命でなければ引き受けなかった。

考えれば考えるほど怒りで震える。

そんな私の思いなど知る由《よし》もなく、件《くだん》の令嬢が現れた。

私の傑作を破壊した凡人。

貴方に何か仕掛けるつもりはない。

私は私の仕事をするまで。

私の教えについてこられないのであれば、それまでなのだ。

私は静かにソフィアを待った。


ソフィアがどんな無礼を見せるかと期待したが、思いの外問題がなかった。

勿論《もちろん》、立ち姿、歩き方、座る姿勢は、使用人のほうが良い。

これに教えるのかと溜め息が出そうになるほどだ。

だが、私は完璧な淑女。どんなに不快であろうと、顔に出すことはない。

歩く音が耳障《みみざわ》りでも、背筋が曲がり手が下品に宙を漂《ただよ》っていても、不快感を態度に出すことは許されないのだ。

そう教わり、教えてきた。

私は静かに子爵令嬢から汚いものを全て削《そ》ぎ落《お》として差し上げる。今の彼女の振る舞いは一切残らないだろう。どのくらいもつかしらね。

そう思っていたのに、おかしい。

令嬢は確かに何もかもがなっていない。見ていて不快だった。

けれど、一つ一つ私が指摘するとそれを素直に聞き入れ、改善しようと努力する。

嫌みのように侯爵令嬢を引き合いに出しても、感情を露《あらわ》にすることなく静かに頷《うなず》くだけだ。

貴族としての立場を理解せず他人の婚約者に手を出す浅はかな女なら、すぐにわめき散らして部屋から走り去り殿下に泣きつくと予想したのに、逃げ出す様子は一切ない。

簡単に挑発に乗らない姿は素晴らしいと評価できる。

もしや私を取り込むための演技なのかと身構えたものの、彼女は真剣に学ぼうとしていた。教えがいのある生徒と誤解してしまいそうなくらいに。

このような経緯でなければ、この生徒に教えるのを楽しめるだろうと感じるほど、ソフィア嬢は報告書とは違っている。

与えられた責任を果たさず、何の努力もしないで男にすがりつくことしかできない女ではなかったのか？

この令嬢は本当に、報告書の女なのか。殿下だけでなく、側近にも色目を使う娼婦とまで書かれていたのに。

報告書を作成したのは厳格な男。

感情に流されず、物事の状況を冷静に判断するので、貴族社会で最も信用されている。一切の甘さを見せない融通の効かない人間なのは間違いなかった。

そんな人の仕事を疑う気はない。

ならば、私が騙《だま》されているのか？　目の前の女は私を騙《だま》すために、従順で清廉な人間を演じているのか。

ステファニー様――侯爵令嬢が嫌がらせや暴行をするはずがないのに、この女ときたら、「平民なら地べたを這《は》いずり回っていろ、貴族のマナーが身についてないなら学園へ来るな」などと酷《ひど》いことを散々言われたと殿下に泣きついたと聞いている。殿下もその言葉を真に受けたとか。

彼女は健気《けなげ》に耐えていた、と。

どこをどう見たら健気《けなげ》に映るのやら、勉強しろマナーを身につけろと遠回しに言ったのを、自分の都合のいいように解釈しただけだ。そう思っていたのに。

報告書を手にした時は、震えるくらいの怒りに駆られた。

けれど、目の前の女は偽物ではないのかと疑うほど報告書の人物とは違う。

私は優秀な人間が好きだが、同じくらい努力している人間も評価する。

もしや、私のそういう情報がこの令嬢に漏れているとか？

殿下や側近達に頼んで情報を得たのであれば、恐ろしい令嬢である。

しかし、経歴はどうであれ、教えたことを身につけようとする姿勢は評価できる。彼女を受け入れてしまいそうだ。

駄目よ、この女はステファニー様の婚約者である殿下を誑《たぶら》かした人間。人の懐《ふところ》に入るのに長《た》けているのだ。

私まで簡単には誑《たぶら》かせるとは思わないでちょうだい。私に取り入ることは、貴方のような浅はかな人間には決して無理なこと。人生経験の浅いビンセント殿下や色仕掛けに弱い若輩者とは違うのよ。


……さて、次はどうしましょうか。

私は決して楽しんでいるのではない。

彼女がどこまでついてこられるのか見極めているだけ。

ソフィア嬢は今まで何も勉強してこなかったのだろう。幼子でも知っているような国の成り立ちを一切知らなかった。呆れるのを通り越して、恐ろしいほどの無知。

今までどう生きていたら、ここまで何も知らずにいられるのか。

子爵家での教育がなっていないにも程《ほど》がある。

本人以上に子爵家当主を疑ってしまう。

もしや子爵家には何か問題があるのでは？

だって私の見る限り、令嬢は常に真面目に授業に取り組んでいる。

別人を送り込んだとか？　彼女が平民なら、ここまで無知なのも理解できる。

これは、確認する必要がありそうね。

そして、この令嬢（仮）は引き続き私が教育しよう。

教えたことを理解し、分からないことは質問する、素晴らしい生徒だ。

目に見えて成長する姿が教師冥利《みょうり》に尽きる。

こうして、令嬢（仮）との時間は、すぐに過ぎた。

もっと時間を取りたいが、これ以上は令嬢（仮）の負担になる。

平民の子がこのように長時間勉強したことはないに違いない。

あーこの高揚感、何年ぶりだろうか。ステファニー様を教え始めた頃が蘇《よみがえ》る。

だが、あの時は暫《しばら》くすると気持ちが落ち着いた。侯爵令嬢の成長にかげりが見えてきたせいだ。

彼女は悪くない。ただ一日一日を必死にこなすだけで、自らの意欲が一切見えなかったのだ。

子爵令嬢（仮）もステファニー様と同じになってしまうかと思うと、虚無感《きょむかん》に襲われる。

焦《あせ》ってはいけない。今のペースで十分優秀なのだ。

欲張ってはいけないと己を律しながら、私は王妃教育を続けた。

今ではもう令嬢（仮）を受け入れている。

彼女は子爵が用意した替え玉だと結論付けた。

あの報告書の女が目の前の令嬢（仮）なわけがない。

こんなに勉強熱心な子が婚約者のいる男性に近づき、娼婦のように振る舞うなんて考えられないじゃないか。

私には分かる。

こちらの令嬢（仮）は子爵令嬢とは完全に別人。

もう一度、令嬢（仮）を調査した方に確認を取らなければ。

替え玉を受け入れるには、何かしらの契約があったはず。もしかしたら、令嬢（仮）の家族が人質に取られている可能性もある。

私が助けなければ。

――貴方は心配することなく勉強に励《はげ》みなさい。

私が全て解決してあげますわ。

そう誓ったのだった。

◆　◆　◆

王妃教育はとても有意義で面白い。

時間が過ぎるのがあっという間で、まだまだいけるのに終わってしまったのが残念だ。

「また明日もよろしくお願いいたします」と頭を下げると、教師が満足げに頷《うなず》くのが見えた。

実は、王妃教育が終わってからのが辛《つら》いのだ。

毎回、ビンセント殿下と二人でのお茶会が開かれていた。

殿下が幸せそうで、気の毒になってくる。

「貴方が想いを寄せていた子爵令嬢はもういませんよ。私は別人です」なんて言ったら、彼はどんな反応するんだろう。

哀れなほど、目の前の男は浮かれていた。

あまりに幸せそうで、ソフィアがもういないことを言いだせない。

王太子という立場を考えれば、彼のパートナーは子爵令嬢より侯爵令嬢のが良いのは明白だ。

だけど、何故《なぜ》か側近達はソフィアを受け入れていた。

きっと彼らは殿下に逆らえない立場なのね。

友人のような関係なら、私のような人間が近付くのを見過ごさないはず。

もし、私が離れたら殿下はどうなってしまうんだろうか？

国王陛下や王妃陛下だけでなく貴族達からも冷たい仕打ちを受ける可能性は高い。

自業自得なのであろうが、なんだか切なくもあった。

あの側近は最後まで殿下の傍《そば》にいてくれるのだろうか？

私のせいで独りにさせてしまうのは申し訳ない。

婚約者以外の人に懸想《けそう》する殿下は許されないが、そうさせたのはソフィアだ。

いや、本来、私は関係ない。けれど、周囲から見れば、私の存在がなければ誰も傷付かずにすんだ。誰かが罰を受けるならそれは間違いなくソフィアだ。

罪を償うなら私しかいない。私なりの罪滅ぼしを。

私にできることは殿下の好感度を少しでも上げること。

ビンセント殿下とステファニー様の仲を元通りにするのが一番だが、私にお節介おばさんのような能力はない。

いや、噂によると殿下と侯爵令嬢の仲は良くないどころか最悪。それをどうにかするのは私には無理だ。

それに、格下の相手に婚約者を奪われ、更にその女に殿下との仲を取り持ってもらったなんて、馬鹿にしていると思われる。侯爵令嬢の矜持《きょうじ》を傷つけるどころか家門に喧嘩を売っていると取られるに違いない。

侯爵家対子爵家なんて、誰が考えても勝敗は決まっている。

そんな恐ろしいことはできないので、そこは本人同士に任せよう。

私は殿下の好感度を上げること、その一点のみに集中する。

聞いたところによると、殿下は偏屈で、使用人だけでなく騎士に対してもかなり横柄だとか。

そこら辺を改善すれば、殿下の印象は多少は良くなる。そして、そう導いた私にも少しは温情をかけてもらえるのでは、という邪《よこしま》な計画だ。

私は今日から少しずつ殿下を誘導しようと決めた。

「王妃教育の調子はどうだ？」

「はい。厳しくはありますが、とても丁寧に教えていただいて、とても感謝しております」

「無理はしてないか？」

「ふふ、殿下はお優しいのですね。私は大丈夫です」

「そうか、何かあればいつでも頼ってくれ」

「はい。ですが、これ以上頼ってしまったら私、殿下なしでは生きていけなくなってしまいます」

「それくらい頼ってほしい」

素敵な笑顔の殿下に、気持ちを持っていかれそうになる。

「まぁ、頼もしいですね。ですが、私は殿下に頼るだけでなく、隣にいて相応《ふさわ》しい人間と思われたいのです。なのでもう少しだけ頑張りますね」

「そうか、分かった」

「ふふ、私は幸せです。殿下に心配していただいて」

殿下はとても満足げな顔だ。

女性に頼られて嬉しいってやつですかね？

こうやってソフィアは殿下の懐《ふところ》に入っていったのかな。

ソフィアになりきらなきゃと思って会話しているけど、前世ではこんなことをしたことがない。

むず痒《がゆ》い気持ちになり、私は会話を変えた。

「――王宮は素晴らしいですね」

「そうか？」

「そうですよ。庭が美しいのも、王宮が清潔なのも、一流の方達が日々丁寧な仕事をなさっているからですわ」

「王宮はそういうものだ」

「私、庭や王宮を拝見したいです」

「そうか、なら庭を見に行くか？」

「よろしいんですか？」

「ああ、当然だ」

「やはり殿下はお優しいですね」

散歩していれば会話がなくても許されるよね？

少し気を紛らわしたい。

席を立つと、当然のように殿下がエスコートしてくれた。

優しい方だ。

誰にでも優しいは優しくないとか、優しいと優柔不断を間違うなとか、前世では色々聞いたが、彼はどの「優しい」だろうか？

「殿下は使用人の方に声を掛けたりなさるのですか？」

「ああ、欲しいものがある時は命じるな」

命令か……

「それ以外の会話はされないのですか？」

「する必要がないな」

殿下はちょっとぶっきらぼうな言い方になる。

不器用なのかな？

「そうなんですか？　では使用人の方は寂しいですね」

「……そうは思わないだろう」

何、その間？　え？　何かあるの？

「そうですか？　私は殿下に声を掛けられると嬉しい気持ちになりますよ」

少し探《さぐ》りを入れてみる。

「声を掛けただけでか？」

「勿論《もちろん》です」

「……何て声を掛けるんだ？」

「んー掃除をしてくださる方にはいつもありがとうとか、王宮が綺麗なのは君たちのお陰だ、感謝する、なんて言われたら、皆さん喜ぶと思います」

「………」

「今、あの方に声を掛けてみてはどうですか？」

「……どんなふうに？」

「いつもありがとう感謝している、でよろしいかと」

「分かった、言ってみよう」

殿下が通る時は、使用人達は立ち止まって頭を下げ立ち去るのを待つのが決まりらしい。

普段なら足を止めることなく通りすぎる殿下が立ち止まったことで、使用人達は身構えた。

「いつもありがとう、感謝している」

それだけ言って殿下は立ち去った。

彼にはそのまま歩き続けてもらい、私が使用人達の様子を確認する。

彼らは驚いた顔でこちらを見ていた。

今まで使用人を一切見向きもしなかった殿下からの、突然の感謝の言葉。

使用人達はお互いの顔を見合わせ、困惑している。

「どうだ？」

「皆さん驚いていましたが、きっと喜んでいますよ」

「そうは思えないが……」

「私には分かります、私を信じてください」

殿下の顔を見て、信じられないという彼の思いが伝わってきた。

それでも私の言葉通りに行動したのは、それだけソフィアを想ってのことだ。

殿下のソフィアに対する気持ちは本物なのかもしれない。なんだか切なくなってくる。

殿下は純粋すぎる。

ソフィアがどんな考えで殿下に近づいたのかは分からなかった。

純粋に好きだったのかもしれないし、権力を欲っしたのかもしれない。

今の私に知る術《すべ》はない。

私が言うのもなんだけど、ビンセント殿下には幸せになってほしい。

「――ここが王宮の庭だ」

「綺麗ですね」

「綺麗？」

「ええ、美しいですよ」

「綺麗なのは当たり前だと思っていた」

「当たり前を作るって大変なんですよ。一度や二度ではなく長い年月をかけて当たり前を作るんです。王宮での当たり前は凄《すご》いことなんです。皆さんは殿下が優秀なのは当たり前と思っていますが、実際、殿下は努力されているではありませんか。それと同じです」

「……」

「私は知ってますよ、殿下が日々努力なさっていることを。そんな殿下を見ているから、私も努力しなければって思えたんです。殿下の言葉や行動は人を変えます。私は変わりました。私が王妃教育を頑張れるのは、殿下がいてくれるからです」

「……」

殿下は急に考え込んでしまった。

私、間違ったこと言った？

「殿下？」

「そうか……」

「え？」

「私は誰にも認められず誉められることもなかった。それは私が、誰のことも認めず、誉めなかったからなのか？」

「……そうかもしれませんが、そうじゃないかもしれません。より良い関係を築《きず》くには相手に敬意を払い、尊重し、認め合うことが大事だと、私は考えてます」

「……」

「そう思っていても失敗することは、あります。良かれと思った言葉でも、相手を傷つけてしまうことも……。そこは会話をしないと分かりません。短い会話でも頻度が増せば、互いに分かり合えるかと。殿下は不安なことがあるんですか？」

「私は……皆に良く思われていない」

「なぜそう思うんですか？」

「……」

「会話してみないと分かりませんよ。お互い誤解している可能性もあります」

「……」

「会話……怖いですか？」

「私は……彼らを避けていたし、彼らも……」

「怖いという感情は、知らないから起こるんだと思います。相手を知っていきましょう。まずは会話です」

「……」

「……殿下。頼りないかもしれませんが、お役に立てるよう、私がお傍《そば》にいます」

「……あぁ」

気のせいか殿下の表情が変わったように見える。

今まで、辛《つら》かったのかな？　王太子というプレッシャーに押し潰されないように……

でも……怖い？

王族が使用人を怖がるのが不思議だ。

認められない、誉められない、失敗は許されない。そんな環境が苦しいんだろう。

誰か無条件に味方でいてくれる人はいなかったのかな？

国王陛下や王妃陛下は殿下の苦しみに気付かなかった？

ビンセント殿下は必死にあがいているように見える。

「殿下、あちらに庭の手入れを担当している方がいますよね。彼にも声を掛けてみてはいかがでしょう？」

「…………」

「殿下は、この庭を見てどう感じましたか？」

「いつもと同じだ」

「そうですね、その『いつも』を作るために、毎日あの方は手入れをしています」

「ああ」

「殿下は枯れた花をご覧になったことがありますか？」

「いや、ないな」

「それらは全てあの方が手入れをしてくださっているからです。殿下は病気になった花に気付いたことはありますか？」

「……いや」

「あの方はすぐに気付くと思います。他の方が気付かないうちに問題を見付けて解決し、私達に問題があったことを悟られないようにしているでしょう。常に綺麗な庭にしておくことが、あの方がするべきことだからです。あの方がいるから、王宮の美しい庭が保たれているんです」

「……ああ」

「殿下は庭について、あの方とお話されたことはありますか？」

「……ない」

「あの方は殿下に声を掛けられることがなくとも、毎日王家のために働いてくださっています。認められず誉められることもなく、黙々とご自身の仕事をこなしているのです」

「……」

「今の思いを、正直に話してみてはいかがです？」

縋《すが》るようにこちらを見つめる殿下は何だか子犬のよう。

何かしたい、だが何をどうしたら良いのか分からないそんな表情だ。

「殿下は、この庭どう思いますか？」

「……綺麗だ」

「それだけで十分ですよ」

殿下は庭師のもとへゆっくり歩き始めた。

庭師は後ろから殿下が近づいているとは気付かず、ひたすら真面目に自身の仕事をこなしている。

どうするべきか分からず、殿下は声を掛けられずにいるようだ。

「殿下、とても素晴らしいお庭ですね」

私の声に、庭師は慌てて立ち上がり、帽子を脱いで殿下に頭を下げた。

「ああ、綺麗だ」

男の肩が震える。

「……ありがとう」

それだけ言って、殿下は一人立ち去ってしまった。庭師は頭を上げ、殿下の後ろ姿を目で追う。

「ふふ、殿下は『いつもありがとう』と貴方に伝えたかったのです」

私は殿下の言葉を補足してから軽く頭を下げ、殿下を追った。

庭師は信じられないものを見たような表情で、立ち去る二人を見続けていた。


【王宮庭師】


「親父、あの二人から何言われたんだよ、大丈夫だったのか?」

庭師の息子は、王太子とその婚約者が父親の前で何やら会話をしている様子を遠くから見ていた。

二人が立ち去ったのを確認して、父親に近寄る。

「親父、大丈夫なのか?　おい親父?」

未だに二人が立ち去った方向を見ている庭師。

その視線の先に、既《すで》に二人の姿はない。

「……綺麗だと……ありがとう……と」

庭師は何かに取《と》り憑《つ》かれたように呟《つぶや》く。

息子は父親が心配になり揺さぶった。

「おい、親父。しっかりしろって」

「殿下が庭を綺麗だと、いつもありがとうとおっしゃった」

「まさか、あの男が？」

庭師はまだ正気に戻らず、その様子からは今の言葉が事実なのだと思えるが、息子は半信半疑だ。

あの男が庭を褒めるなんて考えられない。

王宮で花が美しく咲くのは当たり前としか思ってない。自分より優秀な者にはツラく当たり、下の者はその存在を否定すると、聞いていた。

非の打ちどころのない前の婚約者にも冷たい態度だったのは、王宮で働く者なら誰でも知っていることだ。

そんな男が庭を褒める？

わざわざ庭師のもとへ来て？

やはり信じられない。

父親は二人に何かショックなことをされて、おかしくなったに違いない。

あんなのは王家に相応《ふさわ》しくない……

「親父、少し休もう」

庭師の息子は庇《かば》うように父親の肩を抱いた。

◆　◆　◆

使用人や庭師があの程度で王太子殿下に対する印象を変えることはないだろうけど、何もしないよりはましだと、私は考えていた。

少しずつ、少しずつよね。悪い方向には……いってない……よね？　こわっ。

さて、今日はどうしようかしら。

庭師と使用人からの好感度だけを上げても仕方がない。重要なのは貴族達だ。

だが、そちらについては準備はできていなかった。

順番、順番、焦《あせ》ってはいけない。

次は王宮にいる人物で、殿下の好感度を上げられそうな人……

国王陛下や王妃陛下は無理だ。私のイメージが悪すぎて、殿下が何をしても裏に私がいると疑われるだけで終わりそう。

ステファニー様との婚約を駄目にしたのは私だと思っているよね……

いやっ、私なんですけど……正確には、私じゃないんですぅ。

でもそんなことを言ったら、尚更、危険人物と認識される。

現に王妃教育で王宮に通っているのに一度も国王陛下にも王妃陛下にも会ったことがない。

拒絶されている状況で、出すぎるわけにはいかなかった。

となると、次のターゲットは殿下の側近達か？

……ダメだわ。近づくと、私がアバズレ認定される。

いや既《すで》に認定されているのか？

とにかく、殿下抜きで側近に近づくのは危険よね。

となると、誰？

他には？　他に、誰かいないの？　殿下の好感度を上げられる人……

いたっ。

次のターゲット……それは、騎士団だ。

王族から多大な信頼を受けている騎士団を味方に付ければ、殿下の好感度は上がる。処刑なのか暗殺なのか分からないが、私への罰も免《まぬが》れるのでは？

減刑でも十分だ。

国外追放くらいの罰にしてもらい、隣国に逃してほしい。

そうなったら、騎士が馬や逃げ道など教えてくれないかな？

噂によると騎士団も殿下から苦汁を舐《な》めさせられている。

詳しいことは知らないが、一触即発な関係らしい。

殿下、何しちゃったの？

彼は悪い人には見えないんだよね。初恋に溺れて周りが見えていないだけで、まともな人だ。

以前は違ったのかな？

それがソフィアの存在で変わったとか？

だとしたら、私はもっと受け入れられていて良いはず……

分からない。

分からないが、どうにかして騎士団と殿下の関係を改善したかった。

そもそも、王家の護衛を任されている騎士と王太子が不仲ってかなり危険だ。それをどうにかしようって誰も思わなかったのだろうか？

この国の王子が一人で王位継承権争いが起こらないからって、油断していない？

……もしかして、ビンセント殿下と私が結婚し国王と王妃を継承した瞬間、謀反を起こそうと考えてはいないよね？

怖すぎる、これは急いで騎士団と殿下の仲を修復する必要がある。

無理でも、無謀でも、やるしかない。

殿下のために、私のために!!

そんなわけで、私は朝から厨房《ちゅうぼう》を借りて大量のカツを作り、サンドイッチにしようと奮闘中。

当然、この国にはない料理だ。

カツサンドを手土産《てみやげ》に騎士達の心を鷲掴《わしづか》み……にはできなくとも、多少は殿下に心を開いてくれることを目指す。

けれど、早朝から料理をする私に使用人達は戸惑《とまど》いを隠せず、挙動不審になっている。

料理長は自身の聖域を汚されるのではと不安を隠せずにいた。

当然だ、今までソフィアは厨房《ちゅうぼう》など入ったことがない。

包丁なんて握ったこともない人間が、揚げ物なんて危険きわまりなかった。

その上、見たこともない手法。想像できない味付け。

全てが恐怖でしかないだろう。

――完成した場合、誰が食すんだ？　考えたくないが王太子殿下なのか？

王族によく分からない食べ物を献上するのかと、誰もが青ざめ震えている。

「お嬢様、そちらはどなたに？」

「え？　これは王宮の騎士団さん達によ」

勇気を奮った料理長が私に尋ねた。

普段であれば使用人がお嬢様に声を掛けるなんてもっての外《ほか》。だが、今はそんなことを気にしている余裕はないに違いない。

殿下に毒を盛ったとなれば、一切関与してなくても共犯にされる可能性は高い。職を失うどころか、命を失うこともある。

お嬢様のご機嫌を損ね、暴言を吐かれるくらい、この際なんてことはないと考えてもおかしくなかった。

実際、料理長は思った。

——確認して良かった、殿下じゃなくて。

それでも騎士団。

——王宮の猛者《もさ》達がお嬢様の手料理で倒れては困る。王家の守護を狙ったとなれば謀反《むほん》を疑われる。どうにかそれも避けなければ。

「お嬢様、こちらの料理の味見などは、させていただけませんでしょうか？」

「ええ、良いわよ」

料理長はクビを覚悟で味見を所望した。

案外すんなり了承されたが、問題は味だ。

この見たこともない肉の調理方法。油の中に入れるというのが信じられない。

お嬢様はきっと王子に良いところを見せたくて斬新な料理を考えたのだろうが、あんな大量の油を使えば、食材より油を食べているようなもの。危険だ。

それにあのソース。

野菜を細かく刻むのは素晴らしいが、材料が変だった。香辛料が多いのでは？

匂いの強いものや痺《しび》れをきたすものを使えば、毒と間違われる恐れもある。

——ああ、そんなに入れないで……寧《むし》ろ初心者は使わないでください。

あっそこにリンゴを入れるんですか？

リンゴは美味《おい》しいですよ、デザートで食べる分には。

あーあーあーあーあーあーあー。恐ろしい恐ろしい。

——一生懸命作ったお嬢様には悪いが、届ける最中に使用人に転んでもらうか？　いや、お嬢様を止められなかった私の責任だ。自分であの料理を何とかしよう。

油で揚げた肉の塊《かたまり》に個性的なソースをかけパンに挟む。それ自体は、多少味が薄まって良い作戦だ。

料理長は荒い呼吸を整えつつ、お嬢様に気付かれないように気合を入れた。

いざ実食。

その場に居合わせた者達が固唾《かたず》を呑んで見守っている。

——不味《まず》くても美味《おい》しいと言わなければならない。だが、騎士団にご迷惑が。

果たして何と言うのが正解なんだ。

答えが出ないまま、料理長は得体の知れないパンを頬張った。

「…………う……まい？」

どういうことだ？

なんだ、この旨《うま》さは。

初めて食べる味だ。もう一口食べたくなる。料理人人生最大の衝撃だ。

油に浸《ひた》したにもかかわらずベトベトにはならず、それどころかサクサクしている。

そしてこのソース。

濃い味ではあるが、パンと肉によく合う。もっと食べたくなる。

料理など全く知らないであろうお嬢様がこのような料理を思い付くとは。お嬢様は料理の天才なのかもしれない。

好き嫌いが激しいと感じていたのは、私の腕が未熟だったからなのか。我儘《わがまま》ではなく、本当に味に不満があってのことだったのかも。

それを自分の腕を過信するあまり、素直に聞いていなかったんだ。

なんてことだ。愚かで高慢だったのは私だ。申し訳ない。

「あ、あのぉ、私も食べてみて良いですか？」

最近入った使用人が名乗り出る。

他の者は戸惑《とまど》った表情で、彼女の反応を見ていた。

「んっ、おーいひぃ」

満面の笑みで感想をもらした使用人を見て、他の者達は驚愕《きょうがく》する。

「私にも良いでしょうか？」

「私も」

「私も」

「ええ、どうぞ」

そして、次々と名乗り出た。食べた者、皆、驚きの表情。

どうなっているのか分からない。分からないが旨《うま》い、といったところだ。

「お嬢様、美味《おい》しいです」

「あんな斬新な調理方法から、このような料理が生まれるなんて……」

「お嬢様はこちらをどこで？」

抑制が効かず、矢継ぎ早に質問を飛ばす。

「フフ、秘密よ」

皆、興奮状態だ。平静を保っている料理長でさえ、普段と様子が違うことは一目瞭然《りょうぜん》だった。

「騎士団の方に差し入れするのであれば数が足りませんね、お嬢様が宜《よろ》しければ、私に手伝わせてはいただけませんか？」

「いいの？　嬉しい、実を言うと、全てを一人でやったら時間が大変だと思っていたの。お願いできるかしら？」

「勿論《もちろん》です」

料理人達はすぐに自分達の役割を判断し、手際良くカツサンドを量産していった。

皆が手伝ってくれたお陰で、想定より早くカツサンドが出来上がった。

大量にあるため、使用人を三人連れて王宮に行くことになる。

いざ出陣じゃ。

本音では超怖い。

王宮の人々は皆、ステファニー様を好きすぎる。

私を見た時の一切隠すことのない憎悪。今までは無事だったけど、今日は果たしてどうなることやら。

相手は騎士団。常に武器を持っている。

何らかの罪で、私、斬られるんじゃない？　はぁー、本気で怖い。

もし何もない状態であれば、テンション爆上がりなのに。

鍛え上げられた男達で目の保養ができるのにもかかわらず、楽しめない現実。

いえ、私がこの国から逃げ切るためにも、一人でいいから騎士に味方を作らねば。

具体的な手助けは無理だろうから、逃げ道と注意事項を聞けたら十分だ。

さて、鍛練場《たんれんじょう》に着いた。

入った瞬間、斬り殺されることはないよね。それだけはマジ勘弁。

「皆さん、ごきげんよう」

気合を入れて、私は笑顔で武装した。

一斉に視線を浴び、ドレスで見えない膝が震える。

「こちらは令嬢が来るような場所ではありませんが、道を間違えましたか？」

声を掛けてきたのはこの場で最も偉いであろう、騎士団長様だ。

「本日は皆さんに差し入れをお持ちしましたの、召し上がってください」

「そのようなお気遣いは無用です」

間髪《かんはつ》いれずに断られる。

断られた理由は、団長様が常に厳しいお方だからなのか、私が嫌われているせいなのか。はたまた両方か。

「そうですか、分かりました。邪魔をしてしまい申し訳ありませんでした」

「おっ、お嬢様、よろしいんですか？」

私は使用人に微笑《ほほえ》む。

フフフ、よろしくないですよ。全く。

だけどね、仕方がないのよ。無理を通せば、今後の関係が悪くなる。ここはおとなしく退散するしかない。

私が素直に引き下がるのを見て、騎士達がざわつく。

「団長、良いんすか？」

「……ご令嬢」

呼び止められて振り返ると、団長様がばつの悪そうな顔をしていた。

「あの、お気になさらないでください。先触れも出さず、無礼を働いたのは私です。皆様の貴重な時間を無駄にしてしまい、本当に申し訳ありませんでした」

深々と頭を下げ、私はその場を後にする。

「……訓練の後は小腹が空《す》いているので……」

「無理なさらないでください」

何やらごちゃごちゃ言う団長様に笑顔で断った。内心では、もう一回来い来い来いと願う。

「ご令嬢、そちらを頂けないでしょうか？」

この流れだけで騎士団長様が人が好いのが分かる。

そんなことでは変な女に騙《だま》されますよ、と内心複雑だ。

「気を遣《つか》わせてしまいましたね」

申し訳なくて、少々顔を歪《ゆが》める。

「こちらはお嬢様自ら考案し、朝からお作りになったものです」

「私達も初めての味で驚きましたが、とても美味《おい》しく頂きました。是非《ぜひ》、皆さんも食べてみてください」

共に来た使用人がわざとらしく畳み掛けた。

周囲でやり取りを目撃していた者は、子爵令嬢が無理やり使用人に言わせていると感じただろう。

そんな使用人が持っている得体の知れないサンドイッチを食すのは……

この量では逃げきれないと誰もが無言で覚悟を決める。

……覚悟を決めても、誰も手を伸ばす勇気がなかった。

「それでは私から頂きます」

団長様自ら名乗り出る。

一つ手に取ったものの、予想より大きかったのか目を見開く。部下達に見守られながら恐る恐る口にする姿に、私は更に申し訳なさを感じる。

きっとソフィアでなくステファニー様が持ってきたものであれば、こんなに緊張することはなかっただろうに。

初めて食べるものだということに加え、王太子殿下の婚約者（仮）が作ったものだ。下手なことをすればクビになるどころか、部下も道連れになる。

彼が今一番にすることはソフィアのご機嫌を損ねないこと。

王宮の第一騎士団は騎士の憧れであり、国の誉《ほま》れ。

そんな騎士が娼婦のように王太子殿下に取り入った女に媚《こ》びなければならないなんて屈辱でしかない、と怒りに震える者もいる。彼らは私を遠くから睨《にら》み付《つ》け、顔を赤く染めていた。

これは仕方のないこと。

彼らの憎悪は真摯《しんし》に受け止めないと。

その時、団長様が遂《つい》にサンドイッチに噛みついた。

「んん」

カツサンドをそんな厳しい顔で食べる必要はない。皆も困惑している。

団長様は二口目、三口目と食べ進めた。

無言のまま食べ続けるので、部下達はどうしたものかと挙動不審になりつつある。

「えーと、どうですか？　もし、お口に合わないようでしたら無理に……」

「うまいっ」

私の声を遮《さえぎ》って、団長様が感想を叫ぶ。

その声に、私は驚いてしまった。

団長様は再び残りを食べ出す。それを見て、一人の騎士が手を上げた。

「お、俺も良いっすか？」

「勿論《もちろん》です」

私はカツサンドを入れたバスケットを騎士の身長に合わせ、少し高めに差し出す。

彼はその中から一つ手に取り、口の大きさに対して小さな一口を食べた。

「んまー」

それだけ叫び、大きな口で続きを食べる。

「「「「俺も」」」」

他の騎士達も手を伸ばす。

皆、一口目は半信半疑だったが、二口目からは豪快に食べ進めた。

あっという間にカツサンドは消え、最後の一つは取り合いになる。

「この美味《おい》しいサンドイッチを令嬢が作ったというのは本当ですか？」

さっきまでは私を鋭い目で見ていたのに、今では犬のような耳と尻尾《しっぽ》が見えるほど皆に懐かれた。

国家の犬ね……

「屋敷の料理人に手伝ってもらったの。私一人ではないわ」

「お嬢様、殆《ほとん》どお嬢様お一人です。料理人達は最後の挟む過程を手伝ったにすぎません」

一緒に来た使用人が私の代わりにドヤ顔する。

騎士達は信じられないものを見る目で私を見た。

目の前で起きたことを信じて良いのか、戸惑《とまど》いを隠せないでいる。

「皆さんのお口に合って良かったですわ」

「あの……本当に美味《おい》しかったです」

純粋そうな騎士の一人が声を掛けてくれた。

「ありがとうございます。ではまた作ってきても、ご迷惑じゃないかしら？」

「良いんですか？　また食べたいです。あと十個は食べられます」

「まぁ」

「俺は十五個」

「俺は二十はいけます」

「お前達っ」

「ご令嬢を困らせるな」

食べ物に興奮した部下を団長様が窘《たしな》める。

騎士全員が瞬時に冷静さを取り戻した。

「ご令嬢、部下達が申し訳ありませんでした」

「いえ、あのように言っていただけて嬉しかったです。本当にまた作ってきても良いかしら？」

「ご令嬢の迷惑でなければ、お願いしたい」

「畏《かしこ》まりました」

なんとか今日のミッションは良い感じにこなせた。

少しずつ少しずつだ。焦《あせ》るな自分、と言い聞かせる。

騎士団長様が頭を下げる際、私の耳元で「私はあと十個はいけます」と部下に聞かれないように強請《ねだ》った。

「はい。では楽しみにしていてください」

私は騎士達に頭を下げ、その場を立ち去る。

馬車に乗り込み、先程のことを思い出した。

まさか団長様に強請《ねだ》られるとは思っておらず、笑みが溢れる。

かなり年上なのに可愛らしさを感じた。

今日は上々の出来ね。今度はもっと大量に作らなきゃいけない。


【騎士達】


子爵令嬢の姿が見えなくなった。

「団長どう思いますか？」

先程まで和《なご》やかな雰囲気に包まれていたのに、急に空気が変わる。

「あぁ」

「噂とは大違いっすね、あれも演技ですかね」

「まだ、分からないな」

騎士団長と彼の副官は食べ物に騙《だま》されるほど単純ではない。

今までにもそういう手口を嫌というほど見てきたのだ。

「殿下を誘惑した娼婦令嬢というあだ名っすけど、普通のお嬢さん……いやそこら辺の令嬢より礼儀正しかったですね。あいつらの無礼にも怒ることなく笑顔で対応してましたし」

「あぁ」

「あいつらは簡単に騙《だま》されちゃいましたが、これからは気を引き締めなきゃいけないっすね」

「あのご令嬢は危険かもしれんな」

「ですね」

「彼女から目を離すなよ」

「はい」

「……」

「それにしても、あれ旨《うま》かったっすね」

そこで張り詰めた空気が一転する。

「あぁ」

「また食いたいなぁ」

騎士団長は副官の言葉に頷《うなず》いた。

◆　◆　◆

あれから数日が経ち、私は再び騎士達を訪ねた。

勿論《もちろん》カツサンド持参で。

今回は朝から料理人達に手伝ってもらい、前回の五倍の量を作った。

もしかしたらこれでも足りないかもしれない……

足りなくなったら嬉しいのだが、騎士達には申し訳ない。

恐るべしカツサンド。前世でカツサンドを作った人に今からでもお礼が言いたい。

——貴方のお陰で、私は少しずつですが良い方向に進んでます。ありがとうございます、ありがとうございます。

さて、今日も勝負の日。上手《うま》く行くかは分からないが、やるだけやろう。やるしかない。

私は前回と同じように鍛練場《たんれんじょう》へ直行する。

そして鍛練場《たんれんじょう》が視界に入ると、足を止めた。

あぁ今日も逞《たくま》しい男達が気合を入れて訓練している。

あそこに乗り込むにはこちらも気合を入れねば。

あー怖い。

「お嬢様、どうなさいました？」

「いえ、何でもないわ」

私は再び歩き出す。

「うぉー」

しかし、突然の雄叫《おたけ》びに驚き、立ち止まってしまった。

「何ごと？」

一人の騎士が駆けてくる。物凄《ものすご》い勢いで。

「お嬢様ぁ！」

叫ばれた。

お嬢様って、私を呼んでいるの？　何？　何？　何？　怖いんですけど。

騎士は私の前で立ち止まる。

「もしや、あのサンドイッチですか？」

「えっ⁉　ええ」

「やったぁー、俺ずっと待ってました、あれから毎日、すっげぇ嬉しいっす」

「そうですか、そんなに喜んでいただけて良かったです。本日は前回より少し多めに作ってまいりましたの」

「うぉー」

雄叫《おたけ》びを上げる姿はまるで野獣のようだ。

「何している」

そこにまたしても叫び声が響いた。

浮かれていた目の前の騎士が拙《まず》いという顔をしている。

騎士を叱責《しっせき》し、ゆっくりとこちらを目指して歩いてくるのは団長様だった。

「まだ訓練中だろうが、勝手な行動はするな」

「す、すいません」

怒られた騎士は分かりやすく落ち込む。

「申し訳ありません。またしても突然来て訓練の邪魔を……終わるまで待っています」

「いえ、ご令嬢を待たせるわけにはいきません」

団長様はそう言いながらバスケットの中のサンドイッチに視線を向ける。

すぐにでも食べたいんですね。

「本日も食べていただけますか？」

私はバスケットを持ち上げた。

「ええ。頂きます」

「あっ、団長だけ狡《ずる》いっす。俺も欲しいっ、良いですか？」

他の騎士達も集まってくる。

「どうぞ」

私が笑顔で進めると、勢い良くかぶり付いた。

まるで獲物を見つけた空腹の獣みたいで一歩引いてしまう。

多めに作ったとはいえ、訓練中の男達の胃袋にはやはり少なかったようだ。まだ食べたいという顔をした男が、悲しげにこちらを見ている。

「もしよろしければ、騎士様達の食堂の料理長さんに調理法方をお教えいたしましょうか？」

「良いんすか？」

最初に駆け寄ってきた若者が嬉しそうに言う。

「ご令嬢、それはっ……」

けれど、団長様は何故《なぜ》か困った顔をした。

「どうかされました？」

「ご令嬢、こちらは店が開けるほどの料理です。簡単に調理法を教えるのは如何《いかが》なものかと」

ああ、これは仕事に繋がるのか。料理人にとって調理法は命そのものですもんね。

料理の腕次第で引き抜かれたりするから。

「構いませんわ。こんなに喜んでいただけるのに我慢させてしまうのは申し訳ないもの」

「そう言っていただけるのであれば」

団長様はいい人ね。態々《わざわざ》教えてくれるなんて。

このような方が私の味方になってくれたら安心だ。

私は次の作戦に移ってみる。

「その代わりというわけでもないのですが、団長様にお願いがございますの」

お願いという言葉に、周囲の空気がピリつく。団長様の雰囲気も重々しいものになった。

これから話すこと次第で、私のこれまでの努力が無意味になる可能性がある。

けれどここに来て、やっぱりいいです、なんて言えない。

もう後戻りはできなかった。

「何でしょう？」

騎士団長様の言葉に鋭さを感じる。

こちらも先程までの笑顔をしまい、真剣な表情になった。

「近いうちにビンセント殿下と共に、皆さんの訓練を見学させていただきたいのです」

「そのようなことでしたら構いませんよ」

「……それだけではありません。そこで私が、一番強い方と殿下の手合わせが見たいとお願いしますので、その試合で――」

「……不正をしろということですか？」

団長の低く通る声は、身体全体に響いた。かなりお怒りのようだ。

怖いよ。

他の騎士達の雰囲気も変わっている。

「いえ、本気で勝負して殿下に勝ってほしいのです」

団長の顔が分かりやすく驚きを表す。

そうでしょうね。わざと負けるならともかく、全力で勝て、だなんて。

「ご安心ください。殿下が貴方に怒りをぶつけてクビを命じたとしても私が止めてみせます。万が一クビになった場合、我が家の騎士として再就職はいかがでしょう？　給料は今の金額をお支払いいたします」

「……ご令嬢聞いてもよろしいですか？」

「はい、どうぞ」

「何故《なぜ》、そのようなことをなさるのですか？」

「フフ……そうですよね、困惑なさいますよね」

笑顔で答える私を訝《いぶか》しげな表情で見据《みす》える団長様。

「私は殿下が次期国王に相応《ふさわ》しいか、見極めたいのです」

彼の顔から表情が抜け落ちた。

「……どうしてでしょう？」

「当然ですわ。自分の住んでいる国ですもの。私が生きていく国の王がどんな人間なのか、果たして王に相応《ふさわ》しい者なのか、私自身の目で確かめたいのです」

「なっ、そんなことをすれば、ご令嬢の身が危険です」

団長様は本気で心配しているように見える。

「構いませんわ。国民の一人として、次期国王が殿下でいいのか、判断する権利はあると思います。私は子爵の娘とはいえ貴族の端くれ、殿下が相応《ふさわ》しくないと分かれば、命を懸けてでもそれを訴えるべきです」

「……」

「私、国のためになるのであれば娼婦にもなりますし、処刑されても本望です。それが貴族としての私の役目だと思っております」

その場にいる全ての者が息を呑んだ。

辺りが静まり返る。ここには誰もいないのかと思うほど物音一つしない。

「ご令嬢の学園での振る舞いは聞き及んでおります……今までの行動は全て演技だと？」

どのことを言っているのか分からなかったので、笑って誤魔化す。

日本人お得意の戦法だ。

「それに、我々が殿下と本気で戦って勝ったとして、ご令嬢は何が知りたいのですか？」

周囲の人間全てが同じ思いなのか、固唾《かたず》を呑んで私の言葉を待っている。

「私が見たいのは、殿下が無様に負けた後の行動です。立場を忘れて醜態《しゅうたい》を晒《さら》すのか、王族らしく振る舞うのか」

私の答えに団長様は目を見開いた。

「どうです？　ビンセント殿下を無様に負かしていただけますか？」

「……その願い叶えましょう」

「そうですか、ありがとうございます。その後のことはお任せください」

「はい。お願いいたします」

こうして私は初めての協力者を得た。

漸《ようや》く一歩前進だ。

「立ち去るまで私は演技をいたします。無礼な振る舞いをしますが、殿下に気付かれぬよう、よろしくお願いいたしますね」

私は極上の笑みで締めくくる。そして、鍛錬場《たんれんじょう》を去った。

馬車に乗り込み、ゆっくり深呼吸する。

息を上手《うま》く吸えず、身体がガクガクと震えた。

怖かった、全てが。騎士団も、団長様も。

私の提案に対しての反応が、怖くて堪《たま》らなかった。

使用人に話し掛けられる。

「お嬢様、よろしいでしょうか？」

「何かしら」

「先程の話は本当でございますか？」

「えぇ、本当よ」

嘘です。処刑されたくありません。

「お嬢様があんなに大それた計画を立てていたなんて、全く気付きませんでした」

そうでしょうね。計画したのは私ですから。

元々のソフィアは本当にダメな子だったと思う。人様の婚約者を色仕掛けで奪うなんて、まじで無理。

「私は一生お嬢様にお仕えしたいです」

「一生だなんて。嬉しいけど、自分のことを一番に考えて。私のことを王族がどう思っているのか。身の危険を思ったら私のことは気にせず逃げるのよ」

「逃げません、お嬢様のお傍《そば》にいさせてください」

「そんなふうに思ってもらえるのは本当に嬉しいわ。そんな貴方だから幸せになってほしいの」

「お嬢様が危険な目に遭《あ》わないよう、今後は私も協力させてください」

真剣に言い募《つの》る使用人にどう答えて良いのか分からず、私は笑顔で誤魔化す。

まさかの協力者ができた。

騎士団に照準を合わせていたのに流れ弾が当たったようだ。

だが、本当に私のために命を懸けそうな勢いなのは困る。そこまでの忠誠は怖いから要《い》らない。

他人の命まで背負えない。

私は一人で隣国に逃げるのだ。


そして約束の日となる。

今は王妃教育が終わり、殿下との語らいの時間だ。

「殿下、今日は騎士達の鍛錬《たんれん》を見に行きませんか？」

「………分かった」

殿下は緊張しているようだった。少し震えていたので、宥《なだ》めるようにその背中を擦《さす》る。

「私が傍《そば》におります」

周囲からは、娼婦令嬢がまた淫《みだ》らに殿下を誘《さそ》っていると見えただろう。

それで構わなかった、計画が順調ならば。

二人で鍛練場《たんれんじょう》に向かう。

当然ながら、騎士達が訓練をしていた。

数人の者が私達に気付き、こちらに背を向けていた団長様に合図を送る。

団長様が振り向いた。殿下に絡み付けていた腕が、彼の緊張を感じ取る。

私は娼婦のように殿下に寄り添う。

「大丈夫です、私がいますから」

殿下にしか聞こえない声で囁《ささや》いた。

そこへ団長様が近づいてくる。

「殿下、本日はいかがされました？」

身長の高い騎士団長様は威圧的な雰囲気を持っていた。

それでもビンセント殿下は精一杯強い声で応える。

「今日は騎士団がどんな訓練をしているのか見学に来たのだが、いいか？」

「勿論《もちろん》にございます」

周りにいる騎士達も緊張していた。

それは、王太子殿下が来たからではなく、先日私が依頼した内容のせいだ。

暫《しばら》くは普段の訓練が続く。

その間、私は殿下に寄り添っていた。

時折わざとらしく過剰なスキンシップを行う。

騎士達の訓練を真剣な眼差《まなざ》しで見学する殿下と違い、私は騎士よりも殿下にちょっかいを出す構ってちゃんを演じる。

「殿下ぁ、もう飽きましたわぁ」

「国の守護を司《つかさど》る精鋭達だ。彼らの訓練を見るのは重要なことだ」

「そうなんですね……ここで一番強い人って誰ですかぁ？」

「ご令嬢、僭越《せんえつ》ながら団長を任されている私だと自負しております」

「へぇ、そうなんですね。なら、団長さんに勝ったら、ビンセント殿下がこの国で一番強いってことですか？」

「……そうなります」

「フフフ。殿下ぁ、この人と戦ってくださぁい」

私の言葉で騎士達が一斉にこちらを向いた。

「私、殿下の格好いいところが見たいですぅ。ねぇ、お願ぁい」

慣れない話し方は、本当に疲れる。

でも、その甲斐《かい》があり、殿下が動いた。

「ソフィアがそこまで言うなら。おい、私と勝負しろ」

「ですが殿下っ」

「なんだ、私の言葉に従えないのか？」

「……畏《かしこ》まりました」

おぉ、団長様、演技上手ですね。

騎士団長様は一旦断りつつも、ワガママ殿下の性格を理解した上で受け入れる。

この方に依頼して良かった。

騎士が殿下に剣を渡す。

騎士達は二人の手合わせを固唾《かたず》を呑んで見守った。

異様な緊張感が生まれ、二人の本気の試合が始まる。

副団長と思《おぼ》しき人が合図を出した。

ビンセント殿下の剣捌《けんさば》きは素人目《しろうとめ》では素晴らしいと感じる。努力をしない無能者と言われる人間の動きには決して見えない。

果たして二人の男達が繰り広げる緊張はいつまで続くのか。

この場にいる者達が驚いているのが伝わってくる。

皆、殿下がここまでやるとは思っていなかったのだ。

だが、決着は程《ほど》なくしてついた。

殿下がバランスを崩したのを見逃さなかった団長様が追い討ちをかけ、殿下は倒れ込んだ。

「そこまで」

審判が試合の終わりを告げる。

さて、本番はここからだ。

「…………」

俯《うつむ》き、起き上がらない殿下。

「で、殿下？」

その場にいた全員が彼の様子を窺《うかが》った。

「流石《さすが》は王宮の騎士団だ、素晴らしいね」

下を向いたまま殿下は語り出す。そして、一人で立ち上がり、汚れを服から叩き落とした。

私は殿下に近寄る。

「殿下、このままでよろしいんですか？」

「何がだ」

殿下は小さな声で私に問う。

「殿下を辱《はずか》しめた男に罰が必要なのでは？」

私は殿下の様子を見逃さないようにじっと見つめた。周囲は私達のやり取りを見守っている。

「……罰……」

殿下のその言葉に、ビクッと反応する者がいた。

「ソフィアは罰が必要だと思うのか？」

「私……ですか？」

私は周囲を見渡して一度目を伏せ、深呼吸をする。

「王族に恥をかかせたのだから、何らかの罰は必要ではないかと」

「王族を護衛する騎士が王族より強いと、罰を受けなければならないのか？」

「えっ？」

「騎士が王族より強いのは当然だし、素晴らしいことだ」

「…………」

「団長、突然の申し出にもかかわらず、真剣に相手をしてくれて感謝する」

「はっ」

「ソフィア」

「はい」

「行くぞ」

「……はい」

殿下は振り向くことなく歩き出す。騎士達は信じられないものを見るようにそれを見ている。

その騎士達に深々と頭を下げてから、私は殿下へ駆け寄った。


【騎士団長】

歩き続けるビンセント殿下を我々は呆然と見送った。

あれは本当に自分達が知っている殿下なのだろうか？

最後は感謝まで述べるとは……

愛しのご令嬢が罰を与えるべきだと提案するのも断った。

「信じらんねぇっすね」

「……あぁ」

「やっぱり、あの噂は本当だったんすね」

「噂？」

「知りませんか？　殿下が変わったってやつ」

「知らん」

「なんでも使用人達に自ら声を掛けて感謝を示してるとか。最初に聞いた時は信じられなかったっすけど、今の見ちゃ、本当かもしれませんね」

使用人に自ら、感謝？　あの男が？

……だが、噂は本当なのかもしれん。

私は過去ばかりに囚われ、今の殿下を見ようとしていなかった。

一太刀目《ひとたちめ》の打ち合いで気付いた。殿下は実力がある。

受け止めた剣は重く、次の動作に移行する際も重心を上手《うま》く利用して滑らかに攻撃していた。それは常に剣の重さを意識し、先のことを考えた戦い方だ。たった今剣を渡された者ができる動きではない。殿下がこれまで努力していたことが伝わってくる。

「あのご令嬢がいなかったら、俺ら、全く気付かなかったっすね」

「あぁ」

殿下は変わっていた。それに全く気付かず、我々は殿下を避け続け罵倒《ばとう》していたことになる。

あのご令嬢がこのようなことを計画しなければ、私はきっと気付くことはなかった。

ご令嬢にはくだらない噂があるが、彼女はそんなものは気にせず国のために行動している。

誰に何を言われ、後ろ指を指されようと気にすることなく。

それは簡単にできることじゃない。

「我々は何を見ていたんだろうな……」

「何も見てなかったっすね」

「……あぁ」

副官の言う通りだ、何も見ていなかった。

社交界で噂話に盛り上がる令嬢達のように、私も噂に翻弄《ほんろう》され事実を見落としていたのだ。

前団長に「殿下を頼む」と言われていたのに。

そういえば前団長は、殿下の前の婚約者である侯爵令嬢に対しては厳しかったな。

それはともかく、殿下は王に相応《ふさわ》しくなるべく、陰で努力していたのかもしれない。

それを認めずに過去に捕らわれていた私は、愚か者だ。

「無様に負かす……か……できなかったな」

「殿下、意外にやりましたね」

「あぁ、ここの新米なんか簡単にやられるくらいには……」

◆　◆　◆

殿下と騎士団長様が試合を行う二週間ほど前。

「殿下？」

私はソファーに殿下と並んで座っていた。

「何だ？」

呼んだだけなのに、彼は優しく見つめてくる。

こんなふうに見つめられたら勘違いしちゃうね。見た目は極上なんだから。

「今度、騎士団の訓練、見に行きませんか？」

「騎士の訓練？」

うわぁ、あからさまに顔が歪《ゆが》んじゃったよ。噂通り、騎士達にも横柄《おうへい》な態度を取っているのね。

「はい」

「何故《なぜ》だ？」

「えー、使用人とは話して騎士とは話さなかったら、騎士の方達、拗《す》ねちゃいますよ」

「あいつらが私と話したいと思うかっ」

殿下はあからさまに心を閉ざす。

「そう思っているのは殿下だけなのでは？」

「……私は彼らに……」

「……何かしちゃったんですか？」

「…………………」

私が粘ると殿下は黙り込んだ。ということは、殿下も悪かったと思ってはいるのね。

「殿下、話してみてください」

「…………………」

「大丈夫です。何を聞いても私、ずっと傍《そば》におりますから」

握りしめている殿下の大きな手の上に、自分の手を重ねる。

殿下は私の指に縋《すが》りついた。

「…………訓練中に」

小さな声で語り出す。

「前の婚約者が来たんだ……当時はまだ剣を習いたてで、打ち込まれるとすぐに剣を落としていた。それを見ていた彼女は私の前に立ちはだかり、その者にハッキリと『弱い者イジメはやめろ』と言ったんだ。当時の団長がこれは訓練だと言っても、『殿下には無理です、できない者に無理にやらせるのは可哀想だ』と。……その後も私のいない時に団長のところへ出向き、私がいかに無能かを話して訓練をやめさせようと……。だから、実力で見せつけてやろうと必死に一人で訓練していた。だが、聞いてしまったんだ。騎士達が私が婚約者を使って訓練をサボっていると話しているのを……。あんな者に振り回される婚約者も可哀想だと。……私はそんなこと、一度も頼んでいない、もっと訓練がしたかった。だけど、団長は私の言葉より婚約者の言葉を信じた。次第に訓練は減っていった。そんなある日、私が一人で訓練していると若い新米の騎士が現れた。あいつは『殿下には剣術の才能はないので令嬢の後ろに隠れていたら良いのでは？』と言い放ち、薄ら笑いを浮かべた。悔しくて堪《たま》らず、その男が私に背を向けた瞬間、私は後ろから突き飛ばしてしまった。その現場を他の騎士に目撃され、私はその後一切の訓練を受けることは許されなくなる。その上、騎士達の間には、私が一方的に理由もなく後ろから攻撃したという噂が出回った。それ以来、騎士達は私に怯《おび》えるか睨《にら》み付《つ》けるかだ。一方、騎士達と笑顔で語らう前の婚約者の姿をよく見かけるようになった」


殿下の手は震えていた。

この震えが怯《おび》えから来るものなのか、怒りから来るものなのか、私には分からない。

「殿下、お一人で辛《つら》かったんですね」

私は彼の頭を撫《な》でた。幼い子供にするように。

「これからは私もいますから一人で頑張りすぎないでください」

堪《こら》えきれず、殿下が涙しているのを感じる。

殿下が落ち着くまで、私は何も言わず頭を撫《な》で続けた。

これが殿下が元婚約者を避けるきっかけだったのだと悟る。

侯爵令嬢はただ殿下を守りたかっただけだろう。でも、殿下はそんな優しさを求めていなかった。

すれ違い？　今からでも関係を改善できるだろうか？

……難しいだろうな。

「……騎士団を見に行ってどうするんだ」

俯《うつむ》いていた殿下が聞いた。

なんだろう、子供のようで甘えさせたくなる。これがいわゆる母性本能か？

「騎士団に殿下の良さを見せつけます」

「……無理だっ」

「私がお手伝いします」

「…………………」

「聞くだけ聞いてみませんか？」

「……聞くだけなら」

「……ありがとうございます。では、騎士団長と試合をしましょう」

ビクッと殿下の肩が震えた。

昔のこととはいえ、まだ怖いのね。トラウマはそんな簡単には消えないか。

私は構わず先を続ける。

「そしてわざと負けてほしいんです」

「……よく分からん。何故《なぜ》良いところを見せるのに負けるんだ？」

「私の勝手な考えですが、騎士達は王族を護衛するために存在します。騎士より殿下が強かったら、彼らの存在意義は？　……殿下は何でも完璧にこなそうとしすぎるんです。努力することは大事ですが、全てにおいてやりすぎです。壊れちゃいますよ。騎士よりも強くなることより、騎士の士気を上げるのが殿下の役割ではないでしょうか？」

「……………」

「殿下は負けてから、騎士達を誉めるんです。我が国の騎士は素晴らしいと。そうすれば騎士は殿下の懐《ふところ》の深さに感銘を受けるはずです」

「そう上手《うま》くいくとは……」

「そうですね。人の気持ちはそう簡単には変わりませんが、やってみる価値はあると思います」

「…………分かった」

「えっ？」

「やってみる」

「本当ですかっ？」

「あぁ」

「でっ、では、流れを。まず私が団長と殿下の試合を提案いたします。そして殿下にはわざと負けていただきます。ただ、簡単に負けてもらっては困ります。最初は本気で、できるだけ互角が良いです。長く試合を続けたほうが真実味が出ますので。負けるのにも技術がいるかとは思いますが、わざとだと相手に気付かれないように負けてください。その後、私が王族に恥をかかせた騎士には罰が必要ですと発言しますので、殿下は私に対して怒りをぶつけてください。王族を護衛する騎士が強いのは当然だ、罰は必要ないと。そして殿下は戦った騎士に感謝して立ち去ります。ここで重要なのは、決して振り向かないことです。できますか？」

そう尋ねると、殿下は小さく頷《うなず》いた。

「大丈夫です、失敗しても私が何とかします。私は殿下の味方です」


その日から、私は殿下を励《はげ》まし続けた。

殿下は決して無能ではない。ただ自信がなく、周囲の目を意識しすぎて、失敗するようだ。

ハッキリ言えば、悪い方向に自己暗示をかけていた。

なのに、優秀と称される婚約者から「弱い、殿下には無理、可哀想」なんて言われて庇《かば》われたら、傷つくのは当然だ。

長年の思い込みを解くのは容易ではない。技術よりも精神面が殿下を苦しめていた。

毎日のように「騎士が……」と弱気になる彼に、騎士は芋《いも》だと思えば良いのです、と私は言い聞かせ続ける。

努力を嫌い不満ばかりで、逃げるのにも婚約者の手を借りるほど愚鈍と噂されていた殿下は、誰も見ていない所で日々こっそり一人訓練するほど真面目な人だった。

他人からの批判にひどく弱いだけで、実力はある。

誰にも気付かれることなく努力し、貴族や騎士、周囲の厳しい眼差《まなざ》しと一人で戦っていたのだ。

その心は打ち砕かれていたが、それを救ったのが私《ソフィア》だったようだ。

子爵令嬢の存在は、殿下にとって悪いことばかりではなかった。

私の前世の世界にはざまぁ系の話がたくさんあり、婚約者を蔑《ないがし》ろにして他の令嬢に心変わりする男性キャラクターを悪者にする物語も多い。しかし、彼らが他の令嬢に助けを求めてしまったのは、一人で苦しんでいたせいかも。

現に、今、私の目の前にいる殿下はずっと誰かに助けを求め続けていた。

殿下は王族ということで誰にも弱音を吐けず孤独に苦しみ、一方、侯爵令嬢は次期王妃として完璧を求められるあまり、婚約者に対しても与えられた役割のみを貫《つらぬ》きすぎた。

そこに気付いた子爵令嬢が、殿下の苦しみを解き放ったに違いない。

これでは殿下が彼女に心を許し、特別な仲になるのも頷《うなず》ける。

本来であれば婚約者と共に乗り越えるべき問題を、子爵令嬢が解決してしまったのだ。

侯爵令嬢が悪いとは思わない。

彼女は笑顔を絶やさず弱みを見せるなと教わってきたのだ。それでも騎士団長のもとへ通ったのは、ビンセント殿下を守りたかったからではないだろうか？

二人がもっと会話をしていたら、もっと周囲の支えがあったら、今の状況は違ったのでは。

幼い二人の悲しいすれ違いが、私には残念でならなかった。

そんな私の稚拙《ちせつ》な計画が終わり、二人は鍛錬場《たんれんじょう》を後にした。

殿下は約束通り一度も振り向くことなく、部屋まで辿《たど》り着《つ》く。

扉が閉まり二人きりになったのを確認して、彼はソファーに座り込んだ。

「殿下、素晴らしかったです」

私は彼の前にしゃがみ込み、その両手を包む。

その時、殿下の手が酷《ひど》く冷たいことを知った。

緊張していたのだろう、色も白くなっている。

殿下の手が温かみを取り戻すまで、私は祈るように包み込んだ。

「皆さん、驚いていましたね」

「ん」

「素晴らしい試合だったのに、最後は私の願いを聞いてくださいましたね」

「ん」

「お二人の本気の試合を最後まで見たかったです」

「…………」

黙っちゃった。

「殿下、私の願いを叶えていただき、ありがとうございます」

「ん」

「殿下は私に何かしてほしいことはありませんか？」

「…………」

「今でも良いですし、思い付いたら何時《いつ》でも言ってくださいね」

「ん」

「今日はお疲れさまでした、ゆっくり休んでください」

殿下の両手を解放し、私は立ち上がる。けれど背を向けようとしたところで、手首を捕まれた。

殿下は俯《うつむ》いたままだ。

「……も、もう少し……傍《そば》にいてほしい」

「ふふ、はい。では隣、失礼しますね」

「ん」

私は殿下の隣に座った。

彼の手が落ち着きなくニギニギを繰り返している。それを見つめていると、私の手の上にその手が降ってきた。

上から包み込むように握られる。

私も掌《てのひら》を返して殿下の手を握った。

恋人繋ぎではないが、確《しっか》りと重ね合わせる。

お互い緊張が解けていないので、何げない話を始めた。

その間も殿下は「ん」としか答えなかったが、悪い気はしない。

これでまた殿下の好感度は上がったのではないだろうか？

ほんの少しだけ、殿下の手に熱が生まれ始めていた。

【調査官】

ハッキリ言ってしまえば不愉快だった。

私が疑われるなんて言語道断、こんなことは初めてだ。

私は常に自身の仕事に誇りを持っている。中途半端なことは一度もしたことがないと自負していた。

それなのに、調査をやり直せ？　子爵家を再調査しろ？

何を考えているんだ、あの女は。

王妃からの信頼が厚く、相手がどんな爵位だろうと手を抜かない女教師の姿勢は素晴らしいと、どこか自分と似たものを感じるとさえ思っていた。なのに、このようなことを言って侮辱《ぶじょく》してくるとは甚《はなは》だ遺憾《いかん》だ。

しかし、断るわけにはいかなかった。

もう一度調査し、私は正しかったのだと証拠を叩きつけねば気が収まらない。

徹底的に調べ尽くす。それが私の流儀だ。

私は前回のことは忘れ、真《ま》っ新《さら》な状態で調査を始める。

当主の仕事ぶりも夫人の行動も怪しむべき点はない。ごく一般的な貴族そのものだった。

多少、夫人の男に媚《こ》びる態度が気になりはしたものの、それくらいだ。

愛人を作っていたり、不正を働いていたり、犯罪行為に手を染めたりなどは一切ない。

続いて、令嬢本人の調査に入る。

前回調べた時は学園にいたので調べる点は多かったが、今は屋敷と王宮の往復しかしていない。かなり調べやすくなった。

まずは、屋敷での行動。

使用人には丁寧に対応し、感謝を述べている。

庭の手入れに参加しては庭師と微笑《ほほえ》み合う。独自の料理を考案して、意外な才能を発揮する。

騎士に差し入れまでしていた。

王妃教育では厳格な教師に気に入られ、授業態度も申し分なく優秀。

殿下に対しては過度にスキンシップをしているが、学園にいた頃を考えれば許容範囲か？

いや、ダメだ。確《しっか》りしろ、ここは王宮だ。

あのような振る舞いは、前の婚約者は決してしなかった。

気になるのは殿下の悪評が消えつつあることだ。使用人への態度が変わり、騎士との蟠《わだかま》りもなくなって評判は上々に……その陰に子爵令嬢がいると……

……誰だ、これは。

これは私が知っている女ではない。

あの女は男に媚《こ》び、娼婦のようにベタベタと男に触りその懐《ふところ》に入る。努力や勉強は一切せず、試験の成績は底辺だったはず。使用人は八つ当たりできる人形としか思っていなかった。

料理なんてしたことないだろうに、あの手際の良さは何だ？
私は騎士団の食堂を訪れ、令嬢が考案したという料理を食べてみた。
あんな美味《おい》しい料理がこの世に存在していたなんて驚きだ。
誰だ？　別人か？
もしや子爵は替え玉を作ったのか？
本物の令嬢は何処《どこ》だ？
私は調査続行を決める。
子爵は何かを隠しているはずだ。
教育担当はこのことを言っていたのか。
……私としたことが。

2

今のところ、王宮でのビンセント殿下の印象は好転し始めた。
だが当然ながら、それは王宮限定の話だ。
王宮以外の者は殿下が変わったと聞いても信じないだろう。特に貴族達は。
長年の殿下の印象は卒業パーティーでの婚約解消騒動で地に落ちていた。
だから、貴族を取り込むより国民に取り入ったほうが早いかもしれない。
国民が変えてほしいこと。国民の願い。
金が欲しい、仕事が欲しい、良い暮らしがしたい。その辺だろう。
その中で、私に解決できそうなことを探す。
あぁー、何かないかなぁ。国民に伝わりやすく解決できそうなこと……
窓から外を覗くと、数人の使用人が働いていた。
彼らは本当によく働く。
いつ休んでいるのかしら、ちゃんとお給料は貰っているの？
そこで気が付く。
……これじゃない？

労働条件の見直し。最低賃金の保証。これだぁー。

そうと決まれば、労働条件を偵察して給料に問題ないか調べなきゃね。

まずは近場から。

私は使用人に聞いてみた……聞くんじゃなかった。

彼らは使用人という名の奴隷か？

朝は日が出る前に起き、水を汲《く》んで朝食の準備、貴族を起こして身支度の手伝い、朝食のサービス、片付け、手の空いた者から食事、洗濯、昼食の準備、昼食のサービス、片付け、掃除、時間が空いたら自身の食事、三時のティータイムのサービス、夕食の準備、サービス、片付け、湯浴みの準備、湯浴みの手伝い、片付け。これが基本的な仕事。そこに時間を問わず、仕える主人の世話が入ってくる。

ほぼ休む暇はない。

そして主人より先に休むこともない。

ブラックすぎて何も言えん。何から変えれば良いのか分からなくなる。

加えて、聞きたくないことも聞いてしまった。

主人に逆らえず、犯罪に手を染める使用人までいるそうだ。

……もう、聞いているだけで辛《つら》い。

これはどうにかして変えないとヤバいですね。

まずは、犯罪の手伝いは拒否できる法律を。

そして人間らしい生活――休みはちゃんと取ること。

次はお給料についてかぁ。

聞くの怖《こ》ぇー。

お願い、お父様。ちゃんとお金は払っていてください。

使用人からの答えは、お給料はちゃんと頂いていると。平均的な額だそうだ。

良かった。

……いや、基準がまずおかしいかもしれん。その給料でちゃんと生活できているのかを調べないと。

お給料は何に使うか聞いてみると、多くの者が家族へ仕送りだった。

それって、お給料足りてないよね？

家賃、食費、光熱費、水道代、プラスアルファのお給料は絶対。光熱費と水道は水を汲《く》んでくるからぁ～じゃないんだよ。日本の生活知っていたら、平民にすらなりたくない。

ということで、やはりお給料のほうも改革が必要。

あぁ、私は貴族で良かった。

さっ、これを殿下にどう伝えましょうかね。

うーん面倒。そのまま伝えるか。子爵令嬢の得意技で。

名付けてウッフン作戦よ。

「――殿下ぁ」

私は早速、王宮に行き、泣き真似をしながらビンセント殿下に近づく。

「どうしたんだソフィア、誰かに何かされたのか？」

本気で心配してくれる彼の姿に心が痛んだ。

ごめんなさい殿下。

私は殿下の手を取り、上目遣いで眉を寄せた困り顔で尋ねる。

「殿下ぁ、聞いてくれますかぁ？」

「勿論《もちろん》だ、話してくれ」

「私、聞いてしまったんです。使用人が苦しんでいるのを」

「？　使用人が苦しんでいる？　病気か何かなのか？」

「いえ、違います。知り合いの使用人の話だとか。お仕えする貴族の方が厳しすぎるそうで、休みもなければお給料も少ない……そんな話を聞いてしまったら可哀想で」

「んー、それは難しいな」

「どうしてです？」

「労働条件は雇われる時に確認しているはずだ。それに使用人のためにいちいち貴族を調べると反感を買ってしまう。貴族毎《ごと》に規則は違うもので、それを見直せというのは、王族でもなかなか……」

「では、彼らに拒否権はないのですか？　それがもし犯罪でも？」

「難しいな」

「そんなぁ、ではあの方達を助けることはできないのですか？」

「…………」

「犯罪を犯しても罰を受けるのは平民ですか？」

「罰は受ける。だが、受けたとしても貴族と平民では罪の重さが違うな」

「どうにかならないものなのでしょうか？」

「うーん」

「最低条件を決めることも？」

「最低条件？」

「お休みとか食事とか、お給料の最低の条件です。犯罪を強要された場合は騎士団に助けを求めよ、とか」

「んー、最低条件は決めることはできるが、貴族がそれに従うか、だな」

「殿下が発言しても実行しない貴族がいらっしゃるんですか？」

「……私にはまだ、そこまでの力がない」

「そうなんですね、私ったら……殿下なら助けてくれると思ったのですが」

私はここで泣き真似を……した。

「すまない」

「法律を作るにはどうしたら良いんです？」

俯《うつむ》いたまま尋ねる。

やっぱり無理かぁ。法律作ってぇ～はムチャぶりだったかぁ。

「法案を作成し、大臣達に許可を貰い、最終判断は陛下だ」

「法案？　作るの難しいですか？」

難しいですよね。そんな簡単にできるわけがない。私には無理。

別の作戦だな。

「……考えてみよう」

ん？　今なんと？　考えてみようって言った？

できるの？

法案だよ？

「本当ですか？」

「少し時間はかかるだろうが、やってみよう」

「やったぁー。流石《さすが》、殿下です。素敵。やっぱり殿下は凄《すご》いんですね」

私はおまけで抱きついておいた。殿下も力は弱いが抱き締め返してくれる。

期待しすぎは良くないが、この法案で何かが変わればラッキーよね。

無茶な法案だったとしても、殿下が国民を気にかけていることが伝われば良いのよ。

因《ちな》みに、ウッフン作戦とは色仕掛けのことだ。

必要以上にベタベタと触り、粘っこい喋《しゃべ》り方で泣き落とす。

今後もこの作戦は使うかも。

とてつもなく疲れるけど。

元のソフィアは男性にお強請《ねだ》りするのが得意だったかもしれないが、私にはとても難しい。悩んだ末、前世で観たドラマを参考に、私なりに演じてみた。

結構上手《うま》くできていたのでは。


あれから数週間で、ビンセント殿下は法案を作り上げた。

殿下は初めて法案を作成したらしいが、そうは思えないほど確《しっか》りしたものだったそうだ。

初めて見たよ、法案なんて。この人、勉強面は可もなく不可もなくじゃなかったの？

私は今回は法案が通らなくても、殿下がちゃんと国のことに目を向けているというのを国民に伝えたかっただけだ。

けれどこれならば、大臣達にも良い印象を与えられそう。

ここで疑問なのだが、彼は何故《なぜ》「無能」と思われるようになってしまったのだろうか？

過去に多少失敗したとしても、今の殿下を見れば「無能」なんて思わないはず。

そもそも失敗っていっても子供の頃でしょ？　それを未だに引きずる？

騎士団長様との試合でも互角に渡り合っていたように素人目《しろうとめ》には見えた。

努力嫌い？　何の訓練もなくあそこまでできたのなら、天才なんじゃない？

なんかおかしい……

いえ、今は法案よね。

殿下を一人にしてはいけない。

「殿下は凄《すご》いです。たった数週間でこれほど素晴らしい法案を作成するなんて」

「いや、この程度、私でなくとも誰でもできる」

自己評価が低すぎる。

こんな短時間で法案は作れない。この改正案の中には私が使用人から聞いた以上の内容もある。

殿下自ら調査を依頼し、問題点と改善策をピックアップして、そうすることで国にどのような影響が起こるのかシミュレーションまでしてあった。

もしできそうなことがあれば、前世の知識がある私が付けたすか修正しようと考えていたが、そんな心配は要《い》らなかった。

寧《むし》ろ私が介入することで失敗に繋がりそう。

良くできているという言葉以外、見つからない。

「殿下は凄《すご》いんです。私に言われても嬉しくないかもしれませんが、もっと自分を褒めてあげてください」

「自分を褒める？」

「そうですよ。殿下は凄《すご》い、殿下は立派です。フフ、いい子いい子してあげましょうか？」

「いい子いい子？」

あっ、この国にはそんな言葉ないのか。

しかも王族の頭を撫《な》でるなんて、そう簡単にしてはいけない。

「頭を撫《な》でることですね」

「……してほしい」

照れながら頭を差し出す殿下は可愛すぎる。

「殿下はいい子ですね、いい子いい子」

私は頭を優しく撫《な》でた。

最近、殿下が愛《いと》おしく思える。

髪がさらさらで気持ちいい。

私も十分殿下の頭を堪能《たんのう》した。


後日。殿下は陛下の執務室を訪れてその場にいた大臣に法案を渡した、と報告してくれた。

褒めてほしくてそわそわしている姿が可愛すぎる。

私がソファーに座り隣の席をポンポンと合図をすると、彼はいそいそと座った。

少し頭を私のほうに傾ける姿がなんとも言えない。

「殿下、よく頑張りました」

撫《な》で撫《な》でする。

「……いいこ」

「ん？」

「いいこって……」

いい子って言ってほしいのかな？

「殿下はいい子ですよ、いい子いい子」

王族だから仕方ないのかもしれないが、彼は子供の頃にちゃんと子供扱いされなかったのかもしれない。

今になって子供らしく甘えさせてくれる人に出会い、甘えることを許されたお陰で、反動が来てしまったのだろう。

ここで拒絶したら、殿下は二度と心を開かなくなりそうだ。

誰か一人でも彼の味方をしていたら、ソフィアになびいたりはしなかっただろう。でも、そんなことは今さらだ。

起きてしまったことは仕方がない。

私は内心で溜め息を吐《っ》いたのだった。


【法務大臣】


あの日、王太子殿下が国王陛下の執務室に入ってきた。

初めてのことに私は驚く。

更に法案を考えたから見てほしいと書類を渡された。

法案は私の許可がなければ、他の大臣にも国王陛下の目にも触れることはない。

それを知っていたのだな。

もし偶然なら運が良い。

今まで法律などに興味がある素振りを一度だって見せなかったのに、急にどうしたというのか？

まさか、あの子爵令嬢の悪知恵か？

自分達に都合のいい法案を作るつもりなのだろうか？

ビンセント殿下は私達に何の相談もなく勝手に侯爵令嬢と婚約解消を宣言し、後ろ楯も教養もない子爵令嬢などとの婚約を発表した。

卒業パーティーという多くの貴族が参加している場で行われては、なかったことにできない。

そんな女が唆《そそのか》し、愚かな殿下が乗っかってしまったのか。

あの日から私達がどれだけ迷惑を被《こうむ》ったのか考えてほしいものだ。

まあ、あのボンクラに何を言っても理解できないだろう。

万が一、グロッサム侯爵家が王家に反抗したら貴族内のパワーバランスが崩れる。

そうなれば危《あや》うくなるのは王家だ。

それを全く分かっていないのが、この素晴らしきボンクラ王太子だった。

幼い頃より見てきたが、彼は婚約者だった侯爵令嬢の優秀さに常に隠れて存在感がない。

まあ、それで良かったんだ。愚か者が愚かなことを仕出かすくらいなら、何もせずにいてほしい。

周囲の選りすぐりの人材が全て行えるのだから、愚か者でも王になれる。

周囲の協力さえあれば。

それをアレ自らが捨ててしまった。

この先、自身がどうなるのか少しでも考えたことが果たしてあるのか、アレは。

何もできないなら何もするな、考えるな、ただの人形でいろ。

そうすれば幸せな人生を送れたであろうに、私達の邪魔さえしなければな。

国王陛下の手前、私は恭《うやうや》しく書類を手に取った。

しかし、時間の無駄。見る価値もないだろう。

私だけしかいない場であればすぐに処分してしまうのに、面倒な。

仕方ない。どのような愚かで身勝手な要求が記されているのか、私の貴重な時間を割いて採点して差し上げますよ。


…………


私は一気に全てを読みきった。

否定することしか頭になかった私をここまで納得させるとは。

少し手直しは必要だが、とても素晴らしい法案だ。

まさか、殿下が労働者の処遇改革にそこまで目を向けていたとは思いもよらなかった。

事細かに調査されている。

奴隷のように働かされている平民の状況が詳細に書かれていた。

これが事実であれば、犯罪まで強要されている者がいることになる。

迅速《じんそく》な調査が必要だ。

私は陛下に渡すためのサインをした。

その光景を見ていた他の大臣達が驚きを隠せないでいる。

ここにいる誰もが私がサインするとは思っていなかったのだろう。それどころか、最後まで読むはずがないと予想していた者もいたはず。

私でさえ驚いているのだから。

陛下も動きを止め、私に注目していた。

私は立ち上がって陛下の横まで歩き、書類の向きを直して渡す。

「陛下、こちらの法案をご覧ください」

「うむ」

信じられない私の行動に、陛下の声も上ずっている。受け取った書類を陛下は険しい表情で確認していく。目を見開き、書類を捲《めく》る手が止まらない。

その姿を、この場にいる者達は見続けていた。


【国王】

初めて息子のビンセントが法案なるものを持ってきた。

いやそれ以前に、私の執務室に彼が来たこと自体が初めてだ。

息子を信じていなかったわけではない。

が、どうしても比べていたんだ、優秀と評判の侯爵令嬢と。

ビンセントが王となった時に困らぬように後ろ楯は強いほうが良いと判断して、私達はかの侯爵令嬢を婚約者にした。

王妃も彼女を大層気に入っている。

私の判断は正しいはずだった。

ステファニー嬢は目を見張る速さで全てを身につけていく。

喜ばしいことだったが、日が立つにつれ周囲がビンセントと彼女と比べるようになってしまった。

ビンセントが努力していないわけではない、必死に努力しているとの報告を受けてはいたのだ。

ただそれ以上に、令嬢が優秀だという噂が広まった。

彼女の比較対象は常にビンセントであった。

息子は王に相応《ふさわ》しいと思っている。努力を続けることができるし、多少コツを掴むまで時間は掛かるものの諦めない力がある。

だが、周囲の人間はのんびりだの才能がないだのとすぐに決めつけ、真の姿を知ろうともしない。

印象だけでビンセントを無能にし続ける。

どうにかこの状況を変えたいと思ってはいるが、無理だ。

何がいけなかったのか私には分からない。

気が付いたらビンセントは侯爵令嬢と婚約解消をして、あろうことか子爵令嬢と婚約すると卒業パーティーで宣言していた。

なんてことをと責めたい気持ちはあったが、私は息子が令嬢と比べられて人知れず苦しんでいることに気付いていた。だから、何も言えなくなる。

こうなることは決まっていたと受け入れるしかないのかもしれない。

そんな時に法案？

どっちだ？　この法案が運命の分かれ道になるかもしれない。

良くできていれば、ビンセントの評価に繋がる。

だが受け入れがたいものであれば、ここにいる大臣達の支持も失う。

ビンセントが法案を渡した人物が第一関門だ。

彼が偶然、法務大臣に渡したとは思いたくない、そこまで愚かではないはずだ……うん。

法案を渡された大臣とは付き合いが長い。建前上、柔和な笑みで受け取ったが、彼が内心で読む価値すらないと思っていることがひしひしと伝わってくる。

議論する価値がなくとも、まともな考えであってほしい。己の利益だけを重視した理解に苦しむ法案であった場合、ビンセントが王宮から去る日が来るかもしれない。

それだけは避けたい。

どうだ？　どうなんだ？　ビンセントの評価は……

大臣が最後まで読み切り、再び最初からパラパラと書類を捲《めく》って表紙にサインをした。

……サインをするというのは、この法案は話し合う価値があるということだ。

まさか、法務大臣がビンセントの法案に興味を持つとは信じられなかった。

彼は立ち上がり「こちらの法案をご覧ください」と私に渡す。

私はその内容が大変気になった。

法案は表紙から確《しっか》りと作成されている。

正式な書類を理解はしているんだなと安心した。親として子の成長を確認できて、とても感慨深い。

私は内容を読み始める。

驚いた。

労働者の基本的な権利を法律で縛ることで、彼らが最低限、人間らしい生活ができるように提案されている。休みや給料の最低条件を明確にすることで労働者を守っていた。これを犯せば捜査の対象となり、貴族社会では家門の名に傷が付く。彼らが犯罪に荷担するリスクも減るだろう。

なかなか素晴らしい法案だ。

多少手直しする箇所はあるが、素案としては上出来。

寧《むし》ろ何の手も加えず、ビンセント一人の力で出したと証明するために、このままにしておきたい。

ビンセント、よく頑張ったな。後は任せなさい。

私は心の中で息子に語りかけた。

◆　◆　◆

殿下と騎士団長の試合の後。私は再び騎士団を訪れていた。

私の姿を認識すると、多くの者が整列する。

今までとは違い、彼らは私に敬意を払うようになった。

作戦の成果だろう。

団長様が私に頭を下げる。

「先日はありがとうございました。あの件がなければ、我々は殿下を誤解したままでした」

「そうでしたか」

笑顔で応えるものの、私の様子に違和感を覚えたのか、団長様が私の顔から何かを読み取ろうとしていた。

「ご令嬢？」

「はい」

「何かありましたか？」

「はい」

「何があったのか伺ってもよろしいでしょうか？」

「えぇ。実は殿下の意見だけを聞いて一方的な判断はできませんので、団長様に調べていただきたいことがあるのです」

「はい、何でしょう」

「ビンセント殿下が訓練を始めた頃、必死に訓練している彼に対し『才能がないから令嬢の後ろに隠れていろ』と言った騎士が本当にいたのか、調査していただきたいのです」

私の言葉に騎士達が固まった。

「そのようなことを言った騎士が？」

団長様も驚いている。

「はい」

「調査いたします。殿下の幼い頃であれば時間が掛かるかもしれませんが、一人残らず確認いたします」

「そのような発言をした方は、殿下に突き飛ばされたそうです。殿下も当時は幼く、悔しさのあまり後ろから突き飛ばしてしまったと後悔しておりました」

「あっ」

私の言葉に誰かが反応をした。

「どなたです？　今、『あっ』と仰《おっしゃ》ったのは？」

その問いに、一人の騎士が前に出る。

「私です」

「貴方は何かご存知なのかしら？」

「はい、お尋ねの人物は私の同期だった者です」

「だった？」

「はい。あの事件の後、すぐに団を辞め、今は別の職に就《つ》いているはずです」

「そう。ではその方に、真実かどうか確認をお願いします」

「はい」

団長様が返答した。

「それともう一つ、気になることがございます」

「何でしょう？」

その場にいる全員に再び緊張が走る。

「殿下の訓練を拒否した理由は何です？」

「ん？　令嬢、少し食い違いがあるのでは？」

「何処《どこ》にです？」

「我々が訓練を拒否したのではなく、王太子殿下が自ら拒否なさったのでは？」

「殿下からは、当時の団長の判断で訓練がなくなったと聞きました」

「まさかっ」

「そうなんですか？　私もビンセント殿下の言葉だけを鵜呑《うの》みにしているわけではありません。真実が知りたいのです。こちらについても調べていただけますか？」

「畏《かしこ》まりました」

「よろしくお願いいたします、本日はこれでお暇《いとま》しますね」

私は一礼してその場を後にする。

今日は最初から最後までただならぬ空気にしてしまったな。

だけど、いつもへらへらなんてしていられなかった。

殿下との時間を共有し、人柄を知っていくうちに、彼は不器用で誤解されやすいタイプの人なのだと思うようになる。

頑張っているのに認められない……前世の自分と重ねてしまい、報《むく》われてほしいと願うようになった。

浮気された女が浮気男の幸せを願うなんて……

◆◆◆

さて、宝石やドレスよりもケーキよね。

本日は久しぶりの一人ティータイム。

マナーのレッスンも殿下も両方お休み。ヤッホー。

前日のティータイムで、私はビンセント殿下に王宮でのパーティーで使うドレスと宝石を贈ると言われた。

パーティーねぇ。全く楽しみじゃねぇなぁ、と内心で思う。だが顔には出さず「楽しみです」と応えた。

今の自分の状況を正しく理解できていれば、楽しいわけがないじゃないか。

婚約者である侯爵令嬢から王太子殿下を奪った後のパーティーなんて。

周囲の厳しい視線に晒《さら》され針のむしろだ。

最後までパーティーに参加できているのかどうかすら不安で仕方ない。

それに、ドレスも宝石も相当お金が掛かると聞いた。

ホイホイ作るのは考えものよね。

そのお金を何かに当てたらいいのに。

どうしよっかなぁ。

それにしても、ずっと王妃教育ばっかりで飽きちゃった、全てを放り出してどこか行きたい。

だけど、そんなことしたら、逃亡したって騒がれるんだろうな。

王妃教育から逃げたと言われ、私だけでなく殿下にも非難がいく。

何処《どこ》にも行けん……あっちから来てくれないかな？　移動の何か。動物園や遊園地みたいなもの。

動物園は、汚い、匂う、などの理由で貴族のウケが悪いだろう。

なら、遊園地。でも、この世界ではまだ技術が追い付いていない。

お化け屋敷は受け入れられるかな？　自信がない。

移動できる楽しいもの……他にないかなぁ。

あっ、このケーキ美味《おい》しい。

色んなケーキ食べたいなぁ。

日本でも食べたことがないケーキがたまに出てくるのよね。
ケーキバイキング行きたいなぁ。
ケーキ食べたい……
ケーキが私の所まで来てくれればいいのに。
遠くから来る方法……
遠くから遠くから遠くから……
前世だったら、何処《どこ》にいても地方の食べ物が欲しい時は取り寄せできたもんなぁ。
取り寄せかぁ。
取り寄せ……
……物産展？
そうだよ、向こうから来てもらえば良いのよ。物産展に。
そしたら、出店者は宣伝になるだろうし、私も美味《おい》しいケーキが食べられる。
場所とお金と、どうしたらより多くの参加者を得られるか、よね。
ドレスや宝石売っちゃう？　何着もあったって着る機会がないので必要ない。
「あ゛あ゛あ゛あ゛あ゛あ゛あ゛」
分かっちゃったかも。
殿下に貰うドレスや宝石を既製品のものにして、余った予算でお店を買ってもらおう。
王都の店を買って、そこで物産展をするのはどうだろうか？

王都だとお客さんがたくさん来るに違いないし、わざわざ行かなくても様々な地のご当地ケーキが食べられる。

いい考えじゃない？

んんんんん？　それよりも、大会を開けばいいんじゃない？

参加者には最低限の参加費を払ってもらい、優勝したら三ヶ月、無料で王都の店を貸す。

そうやって三ヶ月毎《ごと》に大会を開けば、春夏秋冬のご当地ケーキが食べられて、参加者にとってもいい宣伝になる。

特に優勝した店のケーキは人気になる。

いい考えだわ。そうと決まればウッフン作戦ね。

今回の目的はドレスや宝石には最低限しかお金を使わず、その分の予算でケーキの大会を開催すること。そして優勝者には王都で三ヶ月お店を開く権利を与える。これね。

そうと決まれば、気合入れて行きますか。


私は早速ビンセント殿下の部屋に向かった。

「――殿下ぁ、ウフフ、パーティー楽しみですねぇ」

「あぁ、ドレスや宝石は特別なものを贈りたい。明日、デザイナーを王宮に呼んだから、希望を伝えると良い。何も気にせず好きなようにしなさい」

「まぁ、本当によろしいんですか？」

「あぁ、構わない」

殿下のソフィアへの想いは本物で、私を一切疑っていないのね。

愚かな人とあきれていたのに、今では純粋すぎるから騙《だま》されるのよ、と心配になってしまう。

誰かが殿下を本当に幸せにしてあげてほしい。

……それができるのはきっと、ステファニー様よね。上手《うま》く彼女を婚約者に戻さないと。

二人はただ、誤解でスレ違ったのだと思う。

この状態で私が殿下を奪っても誰も幸せになんてなれない。

殿下が幸せになれるのであれば、私はバカだと言われても構わなかった。

だから、ケーキくらいはお願いしてもいいよね。

「殿下、私ぃしてほしいことがあるんですぅ」

「何だ？　何でも言ってくれ」

「新しいぃケーキが食べたいなぁ」

「分かった、王宮のシェフに頼んでおこう」

「ううん、王都では食べれない珍しいやつが欲しいのぉ」

「珍しい？」

「そう、珍しくてぇ新しいのっ」

「……難しいが調査させよう」

「本当ですかぁ、嬉しい。殿下ぁ、私ぃ考えたんですぅ」

「ん？」

「ケーキ職人のための大会を開きませんか？」

あっ、ねばっこい話し方、忘れた。

「ケーキ、職人？　大会？」

「はい、それでぇ領地代表のケーキ職人を集めて、珍しくてぇ斬新でぇ誰も食べたことのないケーキを作る大会を開くんですぅ、ダメですかぁ？」

「……考えてみよう」

「わぁ、殿下ぁ優しい、ありがとうございますぅ」

「………………」

「殿下ぁ、たくさん参加してもらうためには、ご褒美があると良いですよぉ」

「ご褒美？」

「たとえばぁ、優勝者には王都に三ヶ月間無料でお店を貸せば良いんです。大会参加者には事前に参加費を頂いて、お店にかかるお金はそこから出せば問題ないのでは？」

「……うむ」

「王都にお店を出せる場所を買わなきゃいけないんですが……」

「あぁ、何とかしてみよう」

「できそうですか？」

「何とかする」

「はい」

私は殿下の身体に寄り添った。


【騎士団長】


ソフィア様の依頼により、王太子殿下の悪評が広まるきっかけとなった騎士を探すために、私は王都を離れた。

お嬢様の話では、その騎士は幼いビンセント殿下に失礼な発言をした結果、突き飛ばされたとのこと。

「訓練に誘《さそ》ったら後方から突き飛ばされた」と騎士団には伝わっていた。嘘だとは思いたくないが、事実を調べず噂を信じてしまうのは好ましくないとソフィア嬢の件で学んだ。

当時は疑問にも思わなかったことが信じられないほど、殿下は静かな雰囲気の人だった。

癇癪《かんしゃく》持ちだという噂の切っ掛けが騎士団であれば、我々が殿下を陥《おとしい》れたことになる。

あの時、誰か、その騎士を疑う者はいなかったのだろうか？

何故《なぜ》、彼の発言だけが信じられたのか、真相を調べようとした者はいなかったのか？

私は不安、恐怖、怒り……様々な感情に襲われた。

当事者の騎士に会えば分かること、と自分に言い聞かせ、気持ちを落ち着かせる。

早く男を見つけ出さねば。

男は王都から大分離れた小さな村に移り住んでいた。

どうしてあの男はこんな場所に住んでいるんだ？　退職した理由は何だ？

気が付いたら男は騎士団からいなくなっていた、いなくなっていたことにも気付かないほどひっそりと。

私は男と同期の騎士を同行させていた。

「あ、あいつです」

その騎士が声をあげ指をさす。

何年も会っていないにもかかわらず、彼は男の顔を見てすぐに思い出したようだ。指し示す方向には何処《どこ》かで見た顔がある。私はその男に近づき、声を掛けた。

「サントリース」

名を呼ばれた男は立ち止まってこちらを凝視する。顔は少々やつれ、健康に問題がありそうだ。

「久しぶりだな、聞きたいことがあるんだ」

同行の騎士が男に親しげに話し掛ける。

「俺にはない」

「そう言うなって、少しだからさっ」

私達は男の隣まで歩いていった。

男からは微《かす》かに酒の匂いがしたが、私達は構わず続ける。

「今、過去の再調査が行われていてな、お前が殿下に突き飛ばされたことを調べてるんだ」

過去の調査と聞いただけで男が反応した。

これはもしやと思い、私は前に出る。

「調査していくうちに食い違う証言が出てきたので確認している。相手は王族だ。虚偽の発言をした場合については、元騎士である君に説明は不要だな？」

男がガタガタと震え出した。

「あの日のことを全て話せ、話すまで我々は君を調査し続ける。更には拘束する可能性もある。今ここで正直に事実だけを話すことをすすめる」

男は口をパクパクさせながら震える手をもう一方の震える手で押さえる。

「……あ、あ、お、お、俺は俺は……ただ、皆が……皆が、言ってた、た、のを肯定しただけで、そ、その……」

「何だ？」

苛立《いらだ》ちで声を荒らげてしまう。

「すみませんすみませんすみませんすみませんすみません」

男は小さな声で謝罪の言葉を繰り返した。

その反応で、どちらが真実を言っていたかなんて一目瞭然《りょうぜん》だ。

「謝罪ではなく、事実を話せと言っているんだ」

「あ、あの時はおぉ俺がその……一人で訓練していた王太子殿下に、才能がないから令嬢の後ろに隠れていろと発言しました。後ろから突き飛ばされて、他の騎士が来た時『訓練に誘《さそ》ったら殿下に突き飛ばされた』と嘘を吐《つ》きました。その後、侯爵令嬢が現れて、団長に訓練について話していたので、俺も会話に参加して『殿下は訓練をしたくないと仰《おっしゃ》っていました』と嘘を……。『それに、後ろから暴力を振るうような者に教えるのは危険です、令嬢にも危害を加えるかも……』と発言しました……」

この男の言っていることは事実なのか？　信じられない。

そんなデタラメな発言をして殿下の悪評を流したのか？

それなのに、我々はビンセント殿下を訓練をサボる怠け者《なまもの》と評価してきた。

なんということだ。愚かなのはこの男……いや、我々、騎士団ではないか。何年もの間、嘘を信じて殿下を避けていたなんて。この男をどう処分してやろうか。

「どうして、そんなこと言ったんだよ」

連れてきた騎士が男の胸ぐらを掴んだ。

「あ、あの時はだんだんヤバい雰囲気になって……その……こ、怖くなって」

「それで何故《なぜ》、君は騎士団を辞めたんだ？　噂は君を正当化していたじゃないか？　辞める必要はなかったのでは？」

「それっそれは、こ、侯爵令嬢に……このまま騎士団にいても殿下の恨みが募《つの》るばかりだと……成長した殿下にどんな罰を受けるか分からないからとお金を頂き、騎士団を去りました」

この愚かな元騎士は今、破落戸《ごろつき》のような生活をしているらしい。

侯爵令嬢から頂いたお金を賭け事に使い、分かりやすい転落人生を送っている、と。

私が何もしなくても、この男は地獄へ行く最中だ。

そこでもう一つ、ずっと心に引っかかっていたことを思い出す。

前団長はこの男がいなくなった後すぐに騎士団を辞めた。辞めたというよりクビに近い。

騎士団の中ではそれは殿下の意思によるものだと語られていたが、本当はどうだったんだろう？

単なる偶然か。それとも本当に誰かに辞めさせられたのか。

殿下の訓練がなくなった理由と団長が辞めた理由、この二つは確認しておかないといけない。


前団長は辺境伯となり、国境警備を任されていた。

訪ねると、すぐに会ってくれる。私がここまで来た事情を説明すると、前団長は顔を歪《ゆが》ませた。

まだ我々の知らないことがあるのかもしれない。

前団長は重い口を開いた。

「ビンセント殿下の訓練を観に来ていた令嬢に、殿下の訓練を止《や》めるよう頻繁に抗議を受けた」

「はい、聞いております。当時は殿下が令嬢に言わせているとの噂が出回っていましたから」

「それは全くのデタラメだ。殿下は訓練を続けたいと私のところに何度もやってきた。だが、それ以上にあの令嬢が騎士達のもとを訪れて『人には向き不向きがある。殿下は剣の才能より他の才能を活かすべき』と語り、『殿下に怪我をさせてしまったら、貴方達は責任を取れるのか？』と詰め寄った。そのようなことを言われれば、まともな訓練なんてできなくなる。私は令嬢がこれ以上出すぎた真似を続けては殿下に支障を来《きた》すと考え、国王陛下に進言した。だが令嬢も、自分の父親である侯爵に願ったのだろう、ビンセント殿下の訓練中止と彼女の話を全く聞かない私のクビを」

「なっ、では団長がクビになったのは、娘の言葉でグロッサム侯爵が動いたからということですか？」

「あぁ。陛下も伯爵の私より侯爵の言葉を選んだのだろう」

「そんなっ」

「私がクビとなった時のビンセント殿下の顔は、今でも忘れられない。青白い顔で手を伸ばして『僕の、僕のせいで』と目に涙を溜めていた。その姿に胸を締め付けられたよ。殿下のせいではありませんと何度も告げたが、もしかしたら今でも自分を責めていらっしゃるかもしれない」

「だから、王太子殿下を頼むと？」

「ああ」

「侯爵令嬢について、何故《なぜ》、教えてくださらなかったのですか？」

「話してしまえば、お前も私と同じになる」

何も知らずに我々は前団長に守られるだけだった。そして、噂だけで殿下を貶《おとし》めていた。頼むと言われていたのに……

「我々騎士団は殿下を無能と罵《ののし》り、訓練から逃げるのにも婚約者を使い、団長をクビにしたんだと決めつけていました……」

「…………」

「我々は長い間、殿下を苦しめていたんですね」

「…………殿下は……今も一人で訓練しているのか？」

「え？」

「知らないのか……騎士との訓練を中止されてからは、誰もいない騎士棟の裏で剣を振っていた。そこはあの侯爵令嬢にも見つからない場所だったから」

「知りませんでした。訓練されていたんですね」

「殿下は決して不真面目でも弱虫でもない。そんな悪評を流したのは殿下に突き飛ばされたバカだが、侯爵令嬢も関係していると私は思っている」

「あっ、それはっ――」

「彼女は、殿下はゆっくり丁寧に物を覚え虫も殺せないほど優しいだの熱心に話していたが、それらは決して誉め言葉ではない。それなのに、毎日のように騎士達にそう語っていたのだ。次第に殿下は物覚えが悪く気弱すぎる、剣術の才能がない、と語る騎士が現れ始めた。私は侯爵令嬢は危険だと判断していた。けれど王宮の者は異常なほど彼女を褒め称え、反対に殿下は無能で卑怯、愚かで暴力的と話すようになる。それがいつの間にか貴族達にも伝わっていた」

「あぁぁぁぁ」

「今でもそうなのか？」

「っ、はぁい」

「そうか……」

「で、ですが殿下は侯爵令嬢と婚約解消を……」

「あぁその報告はこちらにも届いた。ビンセント殿下は勇気を出したのだな」

「当初、殿下の悪評は更に酷《ひど》いものになりました。ですが最近、殿下の評判が変わり始めています。新たな婚約者にと発表した子爵令嬢のお陰かと」

「…………」

「殿下が騎士を突き飛ばした事件の真相を調べてほしいと彼女に依頼されたことで、我々も真実を知ることができました。あの令嬢がいなければ、我々はいつまでも殿下を誤解したままでした」

「……漸《ようや》く殿下を理解してくれる令嬢が現れたのか。良かった……今度こそ殿下を守ってくれ。そしてその令嬢も」

「はい、騎士の名に懸けて」

私はもう間違えるわけにはいかない。

ソフィア嬢もビンセント殿下も、これからは何があろうと信じていく。

二人の味方になると、私は心に誓った。


【とある貴族】

ビンセント殿下があの女に唆《そそのか》され、またおかしなことを計画し始めた。

各領地のケーキ職人を集め競わせる大会を開くだと？　優勝者は王都で三ケ月間、無料でお店を開ける？

なんという計画だ。

しかも参加費はそんなに高くない。とはいえ、全ての領地が参加すれば三ケ月間の店の賃貸料は賄《まかな》えるだろう。

三ケ月間、王都に店を出すのは良い宣伝にもなる。そして、このイベントが祭りのようになれば王都は賑《にぎ》わい、経済効果も生まれる。つまり、王都住民の利益にも繋がるのだ。

成功すれば、外国からの客も呼べるだろう。

今までにない面白い企画だ。

それを殿下が閃《ひらめ》いたと？

本当にあの無能で役立たず、存在が分からないと揶揄《からか》われていた殿下が、か？

侯爵令嬢との婚約がなくなり、遂《つい》に何時《いつ》、お払い箱になるか貴族達の賭けの対象にまでなっているのに。

どうなっている？

王宮では新しい噂が出始めていた。

王太子殿下は変わり始めている。使用人達に感謝の意を表し、騎士達との蟠《わだかま》りもなくなったとか。

更には平民のための法案も作成したという。

全て殿下による浅はかな印象操作だと決めつけていたが、違うかもしれない。冷静に判断する必要があるな。

王族派、貴族派の境目が有耶無耶《うやむや》になりつつある今、正しく状況を見極めねば、私の立場が危《あや》うくなるかもしれなかった。

王太子殿下の動きを把握する必要がある。

……しかし、これらが事実であったとして、殿下はどうしてここまで変わられたのだ？

裏であのアバズレが糸を引いているのか？

そちらも確認すべきだ。

今まで侯爵令嬢の陰に隠れて見えなかった殿下の実力が、アバズレの登場で見えてきたのかもしれん。

とある貴族は、これからの自分の動きについて深く思考した。

◆　◆　◆

本日はドレスと宝石を決めるため、デザイナーと宝石商が同時に王宮に来る予定だ。

本来であれば時間を分けるが、私はドレスにも宝石にもあまり興味がないので、一気に決めてしまおう作戦だ。

人はそれを横着《おうちゃく》と呼ぶが、気にしない。

ドレスと宝石の色を合わせとけば何とか形になるだろうし、後はプロの人にお願いすればそれなりになるはず。

私はいずれ王宮を去る身、拘《こだわ》る必要はないし、お金をかけなくても大丈夫だ。

寧《むし》ろレンタルでも良いとさえ考えている。高級品を所有したいという欲は薄いほうだ。

レンタルかぁ、屋敷の部屋にあるのを作り直してもらうって手もあるわよね。

プロにそんなこと、お願いしたら失礼かしら？　聞くだけ聞いてみようかな。

そろそろ約束の時間よね。遅れちゃまずいから、応接室で待機していよう。

そんな軽い気持ちで待っていたが、その考えは大きな間違いだった。

次期王妃（仮）の私が平民を待つなんて、してはならないことだったのだ。

王宮の応接室で私が待ち構えていたら、二人がどんな反応するかなんて考えるまでもなかった。

彼らは驚き、瞬時に頭を下げて謝罪する。

私が早く来てしまっただけなのに、貴族を待たせるのは平民にとっては考えられない失態。どんな怒りを買うのか分からないという様子で、二人は震え出した。

平民の間でも、私は殿下に色仕掛けで近づき、侯爵令嬢を王太子の婚約者の座から引きずり下ろしたアバズレ。その女の怒りを買えば王太子が動くと語られているようだ。

噂を耳にしていた二人は、なるべく私の怒りを買わないようにと緊張していた模様。

そんな相手を待たせるなんて、確かに顔面蒼白《そうはく》ものだ。

私はそんなことも考えつかず、呑気に紅茶を頂いていた。

だから、突然の謝罪に驚く。

何故《なぜ》謝罪するのか、訳が分からなかった。

「お二人とも頭を上げてください。一体どうなさったのですか？」

「私どもは令嬢をお待たせするという大失態を犯しました。この罰はいかようにも受ける所存でございます」

「お二人は遅刻などしていませんよ。寧《むし》ろ早くて感心いたしました」

「……ですがその、ご令嬢は既《すで》に……」

「私がお二人に早く会いたくて、約束の時間よりも大分早く来すぎてしまいました。お恥ずかしいですわ」

「……では、何のお咎《とが》めもなしということでしょうか」

「当然ですわ。そのような勘違いをさせてしまい、申し訳ありませんでした」

「いいえそんな、とんでもないことです」

「紅茶を用意しますね」

私の言葉に使用人が動く。

「いいえ、私共のことは気になさらないでください」

「紅茶を共にしたいという私の願いを聞いてほしいのです、もしかして紅茶はお嫌いでした？　他のものにしましょうか？」

「いいえ、紅茶で構いません」

「私も紅茶を頂けるのであれば」

二人がとても緊張しているのが伝わってくる。

王宮では私を前にすると貴族でも緊張しているから、平民であれば当然か。

少しでもリラックスしてほしくて紅茶を選んだが、嫌いだったら申し訳なかったかも。

二人の好みを聞いてから出すべきだった。

使用人が紅茶を出す。

二人の態度が落ち着いてきたので、まずは自己紹介だ。

「本日は私のために態々《わざわざ》お越しいただき、感謝いたします」

「私も今回ご令嬢の宝石を担当させていただけるということで、光栄に思います。私の名はヘスラッドと申します」

「私はご令嬢のドレスをデザインさせていただきますミシルと申します。よろしくお願いいたします」

「お二人の評判は聞いております、大変素晴らしい人達だと。そのような方にお願いでき、私は幸運ですわ。私の名はソフィア・グレゴリー、どうぞソフィアとお呼びください」

「ソフィアお嬢様と呼ばせていただきます」

「私も」

「では、そのように」

「それで、次回のパーティーのドレスと宝石の件なのですが」

「はい、最高級の宝石を用意してまいりました」

「私のほうも素晴らしい生地を手に入れましたので、ソフィアお嬢様さえよろしければ、そちらを使用したいと考えております」

「……そうなのですか……」

流石《さすが》、王宮に出入りしているだけのことはある。

私の計画を話せば、二人の苦労が無駄になってしまうだろう。

お願いするべきか悩むところだ。

「……あの何か問題がありましたか？」

宝石商のヘスラッドが恐る恐る質問した。デザイナーのミシルも私が急に言葉を躊躇《ためら》ったことで不安になっているようだ。

「……お二人がこんなに準備してくれていたなんて……」

「当然のことです」

「はい、勿論《もちろん》です」

既《すで》に用意されているのに、「これは嫌」なんて言ったら我儘《わがまま》よね。

どうしよう。

「ソ、ソフィアお嬢様？　何かあるのでしたら仰《おっしゃ》ってください。今なら変更は可能ですので」

「はい、私のほうも生地には一切手を加えておりませんので、どのようなご希望にも添えるかと」

「……私が望んでいるのは……」

二人とも私の顔色を窺《うかが》っているのが分かる。

あー、言いづらい。

「……私に似合うものを望んでいます」

「こちらはとてもよくお似合いになるかと……」

「似合うものをデザインしますので信じていただければ」

二人が仕事に対して誇りを持っているのが伝わってくる。しかしその意気込みは、子爵令嬢の私に似合うものではなく、婚約者のいる王太子殿下を奪った令嬢に似合うモノができるだろうと予感させた。

「違うのです、子爵令嬢に似合うものを選んでほしいのです」

「……子爵令嬢に似合うものを、ですか？」

「はい」

二人がとても困惑してるのが見てとれる。

「よろしいでしょうか？」

ヘスラッドの言葉に私は黙って頷《うなず》いた。

「ソフィアお嬢様は次期王である殿下の婚約者です。そのような方は立場に相応《ふさわ》しいものを身につけるべきです」

「私もそう思います」

ヘスラッドの意見にミシルが同意した。

私も二人の意図は理解している。

「ですが、私の今の身分は子爵令嬢です。身分相応のものを身につけるべきではないでしょうか？」

「……そうしますと、パーティーに参加する者がソフィアお嬢様を下に見る可能性も……」

「下にですか？」

「はい。前の婚約者様は、常にこの国で一番良いものを身につけておりました」

「えぇ、当然ですわ。あの方は侯爵家の方ですもの。子爵の娘の私とは違います」

ヘスラッドが言いたいのはそういうことではないのよね。

私の宝石やドレスが前婚約者より劣っていたら、私が王族に受け入れられていないと貴族達に思われるってことよね。

いいの、それで。

私はいずれ王宮を去る。そんな人間にお金をかけさせるわけにはいかない。

「……子爵令嬢らしいドレスと宝石ということですか？　本当にそれでよろしいんですか？」

「はい、結婚し身分が変わるまでは、私は子爵令嬢ですもの。但《ただ》し、王太子殿下に恥をかかせない宝石とドレスにはしてほしいのです。とても難しいとは思いますが、お願いできますか？」

「……畏《かしこ》まりました」

「……はい」

「それとお二人にお聞きしたいのですが、今あるドレスや宝石を作り変えることはできますか？」

「「それは、はい勿論《もちろん》……」」

「お願いできますか？」

「構いませんが……」

「ソフィアお嬢様であれば、いくらでも新しいものを用意できるのでは？　王太子殿下もお許しくださるかと？」

「殿下はきっと許してくださいますわ。ですが、私は今あるものも大切にしたいのです。お父様が用意してくださったものですから……」

「畏《かしこ》まりました、承《うけたまわ》ります。次の機会にはソフィアお嬢様に似合う宝石をお持ちいたします。その時に、今あるものを見せていただけますか？」

「私も家格に見合うドレスをデザインしてきます。既《すで》にあるものも確認させていただければ、新たなものにしてみせます」

「よろしくお願いしますね。今持っているドレスや宝石の確認に一度子爵家にもお越しください」

「「はい」」

二人は複雑な顔で部屋を後にした。


【宝石商】


殿下に色仕掛けで迫って婚約者になったような女だ、ろくでもないに決まっている。

そんな思いで、私は王宮へ向かった。

今まで王宮へ赴《おもむ》いたのは王妃から要望があった時だけだ。

前婚約者の侯爵令嬢にさえ呼ばれたことがなかったのに少々驚いたが、きっとあの女が王太子殿下に下品に強請《ねだ》ったのだろう。

前婚約者との殿下の仲がどうにもならないほど悪いことは、多くの貴族から聞いていた。

宝石はパーティーなどで必要になるため、私には貴族間の噂話を聞く機会が多々ある。

王太子に色仕掛けをしている令嬢の話は、ある時から急激に耳に入ってくるようになった。

きっとあれは金目当てに違いないとか、下品な行動が目に余るとか。殿下も堕《お》ちたものだと口にする貴族もいた。

だから、王太子殿下の選んだ令嬢は、あまりよろしくない人物なのだろうと思っていた。

きっと高級な宝石やドレスを強請《ねだ》りまくると推測した私は、分かりやすく豪華なものを用意する。

宝石商としては高いものをより多く買っていただきたいが、評判の悪い人間に買われたところで宣伝効果はない。

あえて下品に思われるくらいギラギラさせたものを取《と》り揃《そろ》える。

きっとこういうものを喜ぶはずだと自信満々に持参した。


そして案内された部屋には、既《すで》に令嬢が座っていた。

まずい、時間に遅れたのか？

共に来たドレスのデザイナーに確認すると、彼も驚いた表情でこちらを見ていた。

開口一番に謝罪する。

けれど令嬢は、謝罪された理由が分からず戸惑《とまど》っていた。

なんでも楽しみすぎて自分が早く来てしまったと、それだけだ。

驚かせるな。

まぁ、国の予算で宝石やドレスを買いまくれると思えば、浮かれるのは当然か。

噂通り、殿下を金づるとしか思っていない女かと、顔には出さないものの不快な気分になる。

「次回のパーティーのドレスと宝石の件なのですが」

彼女はすぐに本題に入った。

やはりドレスと宝石のことしか頭にないんだな。

「はい、最高級の宝石を用意してまいりました」

「私のほうも素晴らしい生地を手に入れましたので、ソフィアお嬢様さえよろしければ、そちらを使用したいと考えております」

「……そうなのですか……」

なんだ？　分かりやすく最高級という言葉を出したにもかかわらず、あまり反応が良くない。

デザイナーも素晴らしいと強調しているのに、一体何が気に入らないんだ？

「……あの何か問題がありましたか？」

令嬢の顔を窺《うかが》いながら尋ねた。

「……お二人がこんなに準備してくれていたなんて……」

感動してか？　もしや、これは演技か？

流石《さすが》、王太子殿下に取り入るだけのことはある。

一瞬騙《だま》されかけたが、多くの貴族を相手にしてきた私はそう簡単にはいかない。

「当然のことです」

「はい、勿論《もちろん》です」

まだ何かあるのか？　その下手な演技はやめろ。私には通用しない。

「ソ、ソフィアお嬢様？　何かあるのでしたら仰《おっしゃ》ってください。今なら変更は可能ですので」

「はい、私のほうも生地には一切手を加えておりませんので、どのようなご希望にも添えるかと」

「……私が望んでいるのは……」

どれだけ豪華なものが欲しいんだ？

「……私に似合うものを望んでいます」

「こちらはとてもよくお似合いになるかと……」

「似合うものをデザインしますので信じていただければ」

まさか、下品すぎる豪華な宝石を持ってきたのがバレたのか？　この手の宝石を好むのは、趣味の悪い成金だと知っているとか。

子爵は貴族の中ではそこまで裕福ではないので、私の店に来たことはないはずだが、流石《さすが》は王太子に取り入る女、宝石を見る目は肥えているのか。

「違うのです、子爵令嬢に似合うものを選んでほしいのです」

「……子爵令嬢に似合うものを、ですか？」

「はい」

貴方に似合うものということか？

このようにギラついたものではなく、それでいて豪華なものが欲しいんだよな？

「よろしいでしょうか？」

彼女がどのようなものを望んでいるのか確認しておくべきだと、私は判断した。

この女、意外に面倒な案件か？

「ソフィアお嬢様は次期王である殿下の婚約者です。そのような方は立場に相応《ふさわ》しいものを身につけるべきです」

ギラついていなくとも分かりやすく値の張るものが良いんだろう？

「私もそう思います」

やはり、この女、目利きができる。

「ですが、私の今の身分は子爵令嬢です。身分相応のものを身につけるべきではないでしょうか？」

子爵令嬢が身につけるもの？

「……そうしますと、パーティーに参加する者がソフィアお嬢様を下に見る可能性も……」

「下にですか？」

「はい。前の婚約者様は、常にこの国で一番良いものを身につけておりました」

当然だ。あれらは全て、王妃からの贈り物だった。

王太子殿下の名義で贈っていたが、王妃からだというのは暗黙の了解だ。

「ええ、当然ですわ。あの方は侯爵家の方ですもの。子爵の娘の私とは違います」

身分の違いを理解していたのか。

では、本当に子爵令嬢が身につけるような宝石を望んでいるのか？

「……子爵令嬢らしいドレスと宝石ということですか？　本当にそれでよろしいんですか」

「はい、結婚し身分が変わるまでは、私は子爵令嬢ですもの。但《ただ》し、王太子殿下に恥をかかせない宝石とドレスにはしてほしいのです。とても難しいとは思いますが、お願いできますか？」

「……畏《かしこ》まりました」

噂ばかり気にして、私は真実が見えていなかったのかも。目の前にいる女が、娼婦のように王太子に取り入った金目当ての令嬢には見えない。混乱する。

「……はい」

「それとお二人にお聞きしたいのですが、今あるドレスや宝石を作り変えることはできますか？」

「「それは、はい勿論《もちろん》……」」

代々伝わる思い入れのあるものを新たな主人のサイズに変えることはよくある。

「お願いできますか？」

「構いませんが……」

グレゴリー子爵家が代々受け継いでいる宝石など聞いたことがない。

もしや、殿下に贈られた宝石のデザインが気に入らないからこっそり変えろという依頼か？　それなら新しいものを殿下に要求すれば良いのに。

「ソフィアお嬢様であれば、いくらでも新しいものを用意できるのでは？　王太子殿下もお許しくださるかと？」

「殿下はきっと許してくださいますわ。ですが、私は今あるものも大切にしたいのです。お父様が用意してくださったものですから……」

子爵が用意したものを大事にしたい？　新しいものより？　本気で言っているのか？

「……畏《かしこ》まりました、承《うけたまわ》ります。次の機会にはソフィアお嬢様に似合う宝石をお持ちいたします。

その時に、今あるものを見せていただけますか？」

「私も家格に見合うドレスをデザインしてきます。既《すで》にあるものも確認させていただければ、新たなものにしてみせます」

「よろしくお願いしますね。今持っているドレスや宝石の確認に一度子爵家にもお越しください」

「「はい」」

耳にしていた噂の女とは、実際は全く違う。

高級品を強請《ねだ》るどころか、子爵令嬢に相応《ふさわ》しいものを頼まれた。

それどころか、今あるものを作り変えてほしい？

貴族にとってドレスは虚栄心の象徴。同じものを着ることは許されないと豪語する令嬢もいるというのに、あの令嬢は自身の身分に合ったドレスをと願い、更には今あるものを加工して大切にしたいと話した。

まさか、王太子殿下は噂の女とは別の令嬢と婚約したのか？

店を出る時は一年分の売り上げを期待していたのに。あれでは普通の子爵令嬢の買い物だ。

いや、我が国の男爵家の買い物ともそう変わらないぞ。

私はあまりの衝撃に信じられない思いで王宮を後にした。


私は店に戻っても王宮で体験したことが信じられないでいた。

ソフィアお嬢様は噂と違いすぎる。

礼儀正しいし、商人とはいえ平民の私達にまで気を配ってくれた。

今まで色んな貴族に会ったが、紅茶を頂くことなど滅多にない。

そんなことをするのは値切りたい客、自家の勢力に取り込もうとする貴族、ベッドの誘《さそ》いをする夫人。だいたいはそんなものだ。

だが、ソフィアお嬢様は違った。

……私は噂に振り回されすぎていたのだろう。

私がずっと聞かされていたことは、偽《いつわ》りだらけだったのでは？

たとえば、前の婚約者である侯爵令嬢が婚約破棄されないように根回ししていたとか。

確か子爵令嬢の悪評を広めていたのは王族派——つまりグロッサム侯爵家を中心にした貴族達だ。

グレゴリー子爵は大した力がなく、高位貴族の集まりには呼ばれない。

王太子殿下のご乱心かと思っていたが、真実は違ったのかもしれない。

そこではっとする。宝石商として一つでも多く、少しでも値段の高いものを売りたい。いつしか私は、そう考えるようになっていた。

私だって技術で勝負していた時があったのに。

だが、貴族は分かりやすい高価なものを好む。ゴテゴテやらギラギラ。こちらがいくら繊細な技術を施《ほどこ》したものをすすめても、地味なものは見向きもされない。

何年も前に諦めて捨てた心が今、拾い上げられた。

色仕掛けで王太子に取り入った娼婦と罵《ののし》られている女性に、私は希望を抱いてしまった。

宝石を大切にしてくれる令嬢。

宝石の本来の価値を理解する者。

彼女に、王太子殿下の婚約者として相応《ふさわ》しいものを用意しよう。

宝石自体は手頃でも、見劣りしない加工を。

あの令嬢を輝かせることができるのは、私だ。


【騎士団長】


王宮に戻った私はすぐに騎士団を集めた。

前団長は騎士に伝えないという選択をした。

その結果、我々は長年の間、勘違いをし続け、王太子殿下に失礼な態度を取ることになったのだ。

なので、私は真実を伝えるという選択をする。

「皆に伝えなければならないことがある。以前、ソフィア嬢に、ビンセント殿下の訓練がなくなるきっかけとなった事件を調べ直してほしいと依頼を受けたのを覚えているな。私は殿下に突き飛ばされた男に会ってきた。当時、男は殿下を訓練に誘《さそ》って断られ後ろから突き飛ばされたと話していたが、事実とは異なっていた。男は『剣術の才能がないのだから女の後ろに隠れていろ』と殿下を侮辱《ぶじょく》したため、殿下に後ろから突き飛ばされたそうだ。その後も自身の立場を守るため、殿下は自らの意思で訓練を拒絶しているだの、暴力的な殿下に訓練をさせれば婚約者を傷つける恐れがあるだの、嘘偽《うそいつわ》りを前団長に進言していた」

「なっ……」

真実を聞いた騎士達は言葉を失った。

仲間の騎士が嘘を吐《つ》いていたなんて誰も考えてはいなかったのだろう。

彼らはまるで洗脳されたように殿下を悪だと決めつけていた。

「前団長をクビにしたのも殿下ではなかった」

もう誰一人、言葉を紡《つむ》げない。

前団長を易々《やすやす》とクビにできる人間はそういないため、皆、王太子殿下が前団長をクビにしたと思い込んだ。

「これから言うことは、決して口外してはならない」

私は厳しい眼差《まなざ》しと低い声で辺りを支配する。

言葉は発しなかったが、その場にいる者は力強い目でこちらを見て頷《うなず》いた。

「前団長をクビにしたのは前の婚約者の侯爵令嬢だ」

その場に集められた者は一切反応しない。

いや、できなかった。

かの侯爵令嬢と前団長が結び付かず、何の話を聞いていたのか、分からなくなったのだ。

「殿下の訓練をやめさせろと抗議したのも、侯爵令嬢だった」

「…………」

「当時、殿下は訓練を始めたばかりで、剣の持ち方から教わっていた。打ち込みで何度も剣を落とす姿を見た侯爵令嬢が一方的に殿下が襲われていると感じ、訓練を中止するよう団長に何度も抗議に来たそうだ。それを見た騎士が、訓練を中断させるのに女を使う殿下に不満を持ち挑発したところを後ろから突き飛ばされた、と……侯爵令嬢とその男があまりにしつこく殿下の訓練をやめろと発言するため、団長は侯爵令嬢が鍛練場《たんれんじょう》に来ることを禁止した。それが侯爵令嬢の怒りに触れ、グロッサム侯爵が現れて団長がクビになったそうだ」

「…………」

「あの侯爵令嬢が騎士団のもとを頻繁に訪れていたのを覚えているか？」

「……た、しかに……来てました」

「あれは殿下の話を騎士に聞かせるためだ。悪意があったのかは不明だが、王太子殿下の話は伝わっていくうちに不評に変わった。そこに、殿下に突き飛ばされた愚かな騎士が自らの保身のために殿下の悪評をばら蒔《ま》いた。その後、男は侯爵令嬢から金を貰い王宮を去ったんだ」

「…………お、お金……」

金を払うとはそういうことだろう。

この場にいる誰もが信じられないといった表情をしている。

聖人君子のように振る舞い、常に優雅な微笑《ほほえ》みを絶やさず、使用人にも優しいと評判のあの侯爵令嬢が、殿下を陥《おとし》れ、周囲の人間を味方につけて王宮の者を使い、王太子殿下を嘲笑《あざわら》っていたのだ。

まさか、何年もそんな奸計《かんけい》に踊らされていたなんて。

不快さと同時に自身の愚かさに吐き気がする。

どうして今まで一度も疑わなかったのか。

何故《なぜ》、侯爵令嬢の言葉を信じたのか。

我々は盲目的に侯爵令嬢の言い分だけを信じていた。自らの目で確かめたわけでもないのに。

「幼いながらに洗練された振る舞い」と聞けば、流石《さすが》は王族の婚約者に選ばれるだけのことはあると納得していた。ただの噂なのに。

何も知らない騎士達は、遠目に見ただけの女性を「完璧な令嬢」だと思い込んでいた。

そして、婚約者が完璧ならばと勝手に殿下にも完璧を求め、彼の失敗を許さなくなっていたのだ。

そこに、あの事件。

我々は殿下のことを知ろうともせずに「悪者」と決め付けてしまった。

そんなことだから殿下は我々と距離を置いたのかもしれない。何を言っても無駄だと悟り、何も言わなかったのかも。

全ては愚かな騎士が真実を見落とした結果だ。

「これがあの事件の真相だ」

「団長、この後どうなさるおつもりですか？」

「………」

「俺達は長年の間、王太子殿下に許されざる行為をしてきました。謝罪しても償《つぐな》えません。非のない殿下を苦しめ続けた俺達は、どうすればいいですか？」

部下の気持ちが私には分かる。

私も同じ過《あやま》ちを犯した。

どうすれば良いのかなんて、私にも分からない。できることをするしかない。

それでも殿下に見捨てられるのであれば、仕方がない。私達が最初に裏切ったのだ。

「殿下は我々を一度も咎《とが》めはしなかった。我々はこれ以上、殿下に失望されるわけにはいかない。今一度忠誠を誓おう、二度と同じ過《あやま》ちを繰り返さぬよう」

「「「「「「はい」」」」」」

騎士団は心を一つにしたのだった。

3

【ケーキ大会開催のお知らせ、腕に自信のあるもの王都に集まれ！　この度、王都にてケーキ大会を開催いたします。この大会は各領地の「選りすぐりのケーキ」を募集しております。芸術性、独創性、味などを考慮し、最も優秀な作品を出した店については、期間限定ではありますが、王都にて無料で店を開く権利をさしあげます。参加費や条件については順次発表していきます。多くの参加者をお待ちしております】

そんな貼り紙をあちらこちらに貼る。

「……ケーキ大会は陛下や大臣の許可も得た」

ビンセント殿下がそう嬉しそうに報告してくれている。

法案の件以来、私は殿下は優秀すぎるのではないかと思うようになっていた。

現にケーキ大会の件も、私が提案した直後に側近の方達と動きだしてくれたようだ。

その準備で忙しかっただろうに、私とのお茶会がなくなることは一度もなかった。何か隠し事している様子だった程度だ。

それにしても、最近ご機嫌だったのはこのことだったのか。

報告したくてずっと我慢していたなんて、イタズラを仕掛けてワクワクしている子供かっ。

「領地を持つ貴族達に大会の要綱を通達済みだ。条件や注意事項、優勝者は王都に用意した店を無料で三ヶ月利用できること、参加費用についても決まった」

私は、うんうんと頷《うなず》きながら聞く。

「側近達が、大会について聞かれることが多くなったと言っていたよ」

「まぁ」

「審査する者や会場は既《すで》に押さえてある。審査員が貴族だけでは不正がないとは言いきれないので、平民も審査に参加させる。側近達は当日も忙しいかもしれないなぁ」

殿下が話す姿は、今から楽しみで仕方がないように見える。

こんなに楽しそうに話す彼は初めてだ。細かな部分も殿下と側近達だけで動いていたらしい。

ケーキをたくさん食べたいだけの私の安易の発言に皆が動いてくれているのに、当の本人は報告を受けるのみだ。

いいのかなと思うものの、私が何か口を出す前に殿下が語り出す。

その日の私は「まぁ」しか返せなかった。

基本的に殿下はクールな人で私が話さないと会話が途切れると決め付けていたが、話すの大好きな人なんだなぁとも知る。

その後、側近達に指示をしている殿下を目撃した。

とても楽しそうで貴族に対する受け答えも堂々としていて、婚約者の後ろに隠れていると言われていた殿下の姿など、そこには微塵《みじん》もなかった。

【噂に翻弄《ほんろう》される貴族】


今まで何の疑いもなく、王太子殿下を無能で愚か者、誰にでも横柄《おうへい》な態度を取る人間だと、私達は認識していた。

多くの者がそう噂していたので、そうなのだろう、と。

そして優秀で聡明、非の打ちどころのない侯爵令嬢との婚約を解消したことで確信を深めた。

知り合いの貴族達の意見も同じだ。

だが、最近の王宮はどうだ？

王太子殿下が使用人に感謝の言葉を述べたと騒がれ出した。庭師にも声を掛けたらしい。

騎士団の訓練に参加した際には、殿下を負かした騎士へ罰を求める令嬢を制しただけでなく、騎士団の強さを褒めたという。

どうなっている？　あの殿下が？

学問についてもこれと言って目立つものはないと聞いていた。だから政《まつりごと》に興味ないのだろうと判断していたのだ。

なのに、平民の労働環境について法案を作成したと教えられる。

どういうことだ？

理解が追いつかない。どうすればいいんだ？

殿下には愚か者のままでいてもらい非の打ちどころのない前婚約者に戻ってもらうのがいいのか、優秀な殿下の横にあのアバズレ令嬢を置くのがいいのか。

どっちのほうが国のためになる？

できることなら優秀になった殿下の横に、非の打ちどころのない前婚約者がいてほしい。

……と思っていたのに、今度は何だ？

今の婚約者が殿下を変えたのだと噂になっている。

前婚約者はただ笑うだけの人形だった？

使用人達は婚約者が代わったことで王太子殿下が変わったのだから、それは婚約者のお陰だろうと話している。

その話に耳をそばだてると、「前婚約者は優秀で聡明だと誰もが思っていたが、ただ笑顔を振り撒《ま》いていただけだった」、「よく考えると何かを成《な》し遂《と》げたこともなければ、殿下との仲を改善しようとしてもいなかった」、「決められたことをこなしているにすぎない」とのこと。

私は騎士の一人に前婚約者について尋ねた。だが彼は「あの女の話しはやめてくれ」と怒気を含んだ声で言って立ち去る。

あまりのことに、私はその場に立ち尽くしてしまった。

何がどうなっているんだ？　侯爵令嬢をあの女呼ばわりなんて。

数ヶ月前までは誰もが彼女を褒め称えていたというのに。

まさか、現婚約者が王宮にいる全ての者を洗脳しているのか？

今の王宮は何かがおかしい。

こんなことが起きているのに、詳しい噂が私の耳に入ってこないのも怖い。

私は急いで話のできる貴族を探し始めた。


数日後。国王陛下の執務室で新たな婚約者についての報告と、今後の対応策の話し合いが行われることになった。

この場には国王陛下の他に王妃陛下、大臣数名、調査官、騎士団長、王妃教育の担当者数名、侍女長が揃っている。

話し合いは法務大臣が仕切ることになった。

「本日は王太子殿下の婚約者であるソフィア・グレゴリー子爵令嬢についての審議を行う。以前、殿下の一存により前婚約者、ステファニー・グロッサム侯爵令嬢との婚約が解消され、新たな婚約者としてソフィア・グレゴリー嬢の名が挙がった。彼女は子爵家の出身であるため、王妃教育を終了次第、再び採決を取り、その後は適切な家門の養女となって正式に殿下の婚約者とすることが全会一致で決まった。それとは別に、あの令嬢が殿下の婚約者として相応《ふさわ》しいか今一度審議するため、本日皆に集まってもらった。では、まず侍女長から発言を」

「はい、私は王太子殿下の身の回りの世話をする使用人を統括しております。殿下は以前までは使用人に横柄《おうへい》な態度を取るお方でした。ですが、ある時からそれは間違っていたのではと感じ始めたのです。殿下と接する機会はほぼなく、会話という会話はしたこともありませんでした。ベルを鳴らされて命じられていたのですが、その王族としての当然の振る舞いを何故《なぜ》か不躾《ぶしつけ》だの横柄《おうへい》だのと思い込んでおりました。殿下の行いを見直す切っ掛けになったのが、あの子爵令嬢様です。彼女が現れなければ、私達使用人は今でも殿下に対して失礼な勘違いをしていたはずです」

侍女長は自身の王族に対するあるまじき行為を反省しているようだ。

国王と王妃を前にそれを話すことは、クビになってもおかしくないことだ。けれど、これが王宮の膿《うみ》を出す最初の一歩かもしれない。侍女長は子爵令嬢に感謝しているようだった。

「侍女長、貴方の犯した罪に対する罰は後程《のちほど》。今回はソフィア・グレゴリー子爵令嬢についての審議に焦点を当てています。次は王妃教育を担当している者」

侍女長は目を閉じ、静かに頷《うなず》いた。

「はい、王妃教育を担当しているニューロス・ファルマンが代表いたします。令嬢は当初、貴族としての教養を一切身につけておりませんでした。幼子でも知っている礼儀作法すら知らない状態ではありましたが、ここ数ケ月、意欲的に学ぶことで淑女として申し分ない教養を身につけ、王妃教育も滞《とどこお》りなく進んでおります。来年には問題なく全ての課題を終えるでしょう」

「そうですか。他に気になったことはありますか？」

「私が気になったのは令嬢本人というより、グレゴリー子爵家についてですので、調査官の意見を聞いてから発言いたします」

「そうですか。では先に調査官の報告をお願いします」

「はい、私は一度、ソフィア嬢について調べあげました。彼女はふしだらな方法で殿下に近づき、側近達にも関係を迫っていたため、王族に相応《ふさわ》しくないと判断しました。が、一度調べ直してほしいとの依頼を受け再調査したところ、全くの別人のようになっておりました。そこで王妃教育の賜物《たまもの》なのか、本当に別人なのか徹底的に調べました。グレゴリー子爵に変わりはなく、別人を送り込んだ様子はありません。王妃教育のもと、令嬢本人が努力を重ね変わったのでしょう。そして、彼女が周囲の王太子殿下への誤解を取り除くことに陰ながら動いていることも分かりました。王宮の使用人や出入りの業者、騎士達との誤解を解いたのも令嬢です」

「ほう、騎士達との誤解ですか？　では、そちらは騎士団長に」

「はい、我々は長い年月あることを切っ掛けに殿下に対し蟠《わだかま》りがありました。我々は仲間を信頼するあまり、真実を見ておりませんでした。そのせいで殿下に多大にご迷惑をお掛けしておりました。それに気付かせてくれたのがソフィア嬢です。令嬢は殿下の言葉を聞き、我々に真実を知る機会をくれました。彼女がいなければ、我々は殿下に対し失礼な態度を取り続けていたかと」

「……騎士団の処分については次の機会に。他に令嬢について話しておくべきことはありますか？」

「はい、ソフィア嬢は我々に言いました。国のためになるのであれば娼婦にもなり、処刑されることも厭《いと》わないと」

「……それは、どういうことですか？　詳しく」

「はい、ソフィア嬢は我々に殿下の本心を見せるためにある依頼をされました。それは危険行為ですと咎《とが》めたのに、国のためになるのであれば娼婦にもなりますし処刑されても本望、それが自分の役目だと仰《おっしゃ》ったのです。彼女の学園での振る舞いは聞き及んでおります。それについて、全て演技だったのですかと尋ねましたが、ハッキリとした答えはいただけませんでした。けれど我々は、演技だったのではないかと考えております」

衝撃的な発言に誰もが言葉を失う。

過去の振る舞いが演技だとすれば、王妃教育に対する態度も、調査の誤りも納得がいく。

国のためにそこまでする令嬢なんて聞いたことがない。

これは吉と出るか凶と出るか。

彼女を優秀な人間と捉《とら》えることもできるが、王太子を操って国を乗っ取ろうとしていると考えることもできる。

「……次は大臣から」

「我々は長年、王太子殿下に政治的意見を求めたことはなく、殿下は政《まつりごと》に興味はないと判断しておりました。先日、殿下に労働改革についての法案を渡されるまでは。法案は多少の手直しは必要なものの、確《しっか》りとした調査のもとにまとめられ、我々が気付かなかった問題点なども挙がっておりました。素晴らしい着眼点です。これがソフィア嬢と関係があるかは分かりませんが、婚約者が変わった後の出来事なのは事実。前婚約者を否定するつもりはありませんが、いつでも王太子殿下の行動を促《うなが》す機会はあったはずです」

「……他には」

「はい。私は王太子殿下からパーティーでの子爵令嬢のドレスと宝石について相談を受けた者です」

その言葉と同時に多くの者が眉間にシワを寄せた。

やはりな、と溜め息を吐《つ》いた者もいる。

「値段について尋ねられたので、大幅に予算を超えたのかと確認いたしました。ところが、予算の半分にも満たない金額だったのです。これでは王族の権威にかかわるのではないかとの相談でした」

「予算に満たない？」

思わず大臣の一人が声に出した。

ここにいた全員が予想もしていなかったことのようだ。

ソフィア嬢は結局、金目的だろうと誰もが疑っていた。

「はい。何度も確認いたしましたが、かかった費用は前婚約者の三分の一ほどでした。ドレスのデザイナーと宝石商に聞いたところ『今の身分に相応《ふさわ》しいものを』と依頼されたとのことです。その際に、新たなものを買うよりも今あるものを作り変えてほしいとも願ったそうです」

子爵令嬢の本来の姿を知り、誰もが言葉を失った。

「……他に話しておくべきことはあるか？」

「私からもよろしいでしょうか？」

王妃教育を担当している者の一人が手を上げる。

「どうぞ」

「王太子殿下が企画したケーキ大会について、皆さんはご存知でしょうか？」

「ケーキの職人を集めるというものなら聞いている」

国王陛下や王妃陛下、大臣達は王太子殿下から直接聞いていたようだ。

「はい、そちらです。殿下の計画では領地対抗にするそうです。予算や報酬については問題なく、それどころか経済効果も生まれて各領地の宣伝にもなり、何年も続けば国全体が潤《うるお》う可能性もあります。それを陰で発案したのが令嬢ではないかと」

「ソフィアが考えたと？」

大臣の多くはまだ子爵令嬢を受け入れる気持ちにはなっていないらしい。

「はい、殿下の法案についても、彼女が先に子爵家の使用人に労働条件や給金について尋ねていたそうです。表向きは殿下のみの発案となっておりますが、実際は令嬢が囁《ささや》いたのではないでしょうか」

「であれば、殿下の力ではないということか？」

大臣の言葉で国王陛下の目付きが険しくなる。

「いいえ、法案やケーキ大会の企画書などを実際に書いたのは殿下自身です。切っ掛けを与えたのがソフィア嬢ではないかと考えています」

「そうかもしれません」

騎士団長が援護する。

「それはどういうことだ？」

「ソフィア嬢は問題点を投げかけるだけで最終判断は当人に任すという行動をします。きっとビンセント殿下に対しても問題を掲《かか》げただけで、実際に解決したのは殿下自身です。なので、評価されるのは殿下だと」

「ソフィア嬢が殿下を導いていると……」

この場にいる者が全員、複雑な表情になった。

今のところ良い方向に行っているが、子爵令嬢が王族を陥《おとしい》れようと考えるなら殿下は簡単に騙《だま》されるだろう。

子爵令嬢は優秀すぎて危険なのではないかとの意見が生まれた。

「陛下、どのような判断をしますか？」

「……ソフィア嬢が優秀なことは分かった。が、新たな危険を視野に入れねばならない」

「はい」

「当初の計画通り、名のある家の養女にして様子を見るべきだな」

「それがよろしいですね。王妃陛下はどうでしょう？」

「……私は受け入れられません」

王妃陛下は目蓋《まぶた》を閉じ、ゆっくりと深呼吸してから答えた。子爵令嬢を受け入れていないことが伝わってくる。

「理由をお尋ねしても？」

「ふしだらだからです」

「いえ、それは演技の可能性も……」

「私は王太子の婚約者はステファニー・グロッサムしか考えておりません」

今の彼女には冷静な判断ができないに違いない。ステファニーしか受け入れないという確固たる意思が見て取れる。

そんな姿を見せられて、誰も言葉を発せずにいた。

「妃よ、それは……」

国王陛下が反論しようとする。

「ステファニーには何の非もありませんでした」

「確かにそうだ。だが皆も知っての通り、ビンセントとの仲があまりにも……」

「そんなことはこれからどうにかすれば良いのです」

「この十年どうにもならなかったではないか、寧《むし》ろ悪くなる一方で」

「あの令嬢が現れなければ二人の仲は良好になっていたはずです」

「だが、ビンセントはステファニーを選ばなかった。ソフィア嬢と共にいるビンセントの表情を見たであろう。あれが現実だ」

「それでも私は認めません」

王妃陛下は立ち上がり、部屋を出ていった。

「皆の者、妃が申し訳ない。あれはステファニーを溺愛《できあい》していたから受け入れられないのであろう。今回の報告では、ソフィア嬢はビンセントの婚約者として不足なしということでいいか？」

「はい」

「問題ありません」

「私も問題ないかと」

数名が頷《うなず》く。

今回の会議では例の子爵令嬢は殿下の婚約者に相応《ふさわ》しいという判断になった。

王妃陛下の意見を除いて。


【王妃】


私にも分かっています。ビンセントとステファニーの仲がどうしようもないほど悪いことは。どうにかならないかと、常に考えていました。

私はビンセントに代わり、ステファニーにパーティーではドレスや宝石を、誕生日には贈り物をしていました。

けれど、どれも二人の距離を縮める効果はなく、貴族達の間でステファニーへのプレゼントは私が贈っていると話題になってしまう。

これではいけないと、何度もビンセントを焚き付けました。婚約者とのお茶会くらい出なさいと叱《しか》ったこともあります。それらは全て無駄に終わりました。

エスコートをしろと言っても、あの子はそれすら放棄します。

どうしてそこまで婚約者を避けるのか、私には分かりません。

ステファニーはとても優秀でいい子なのに。

二人の不仲は貴族の間でも知らない者がいないほどです。

この隙に王太子の婚約者の座に、と考える令嬢は多くいました。

それらは、私が返り討ちにしていたのです。

この程度のことができなければ、王妃は務まりません。甘く見ないで。

私は学園でのビンセントの行動を報告させていました。

ですから、とある子爵令嬢が息子に付きまとっているのは知っていたのです。

けれど、そのような娼婦に引っ掛かるほど愚かではないだろうと思っていましたのに。結果は、卒業パーティーで多くの貴族が見守る中での婚約解消。

仕方なくステファニーの父であるグロッサム侯爵と話し合い、一時的な婚約中止としてあります。

それでも、ビンセントとステファニーの婚約は破棄されたと広まってしまいました。

その上、王妃教育をすればすぐに逃げ出すだろうと考えていたあの女は、予想と違ってねばりを見せ、担当者からは素晴らしいと評価されています。

王宮も、かつてないほど穏やかです。

ステファニーが出入りしていた時は、常にどこか緊張感が漂《ただよ》っていたのに。王族らしさを彼女が習得しているお陰と受け止めていましたが、今はそんなふうに思えません。

使用人も騎士も以前に比べて穏やかで、ビンセントへの敬意も感じられるようになりました。

これらが全て子爵令嬢の仕組んだことではないでしょうが、関係しているのは確かでしょう。

子爵令嬢のお陰でビンセントが変わり、ビンセントが変わったことで王宮の者達が変わりました。

それでも彼女自身が王妃に相応《ふさわ》しいとは限りません。

たとえ騎士達が令嬢を認めたとしても私は認めません。

たとえ教育を担当している者が認めたとしても私は認めません。

たとえ陛下が認めたとしても私は認めません。

……私まで認めてしまえば、ステファニーはどうなるのでしょう？

ステファニーは努力してきました。

十年も王太子の婚約者という立場で生きてきたのに、その地位を解消されたらどうなるか。

分からないのです、貴方達には。

国王陛下の婚約者に決まった瞬間から、私はずっと一人でした。

学園で友人達に囲まれても常に監視されている気分で、全てにおいて完璧を求められ、必死に努力するしかなかったのです。

それでも認められたという実感はありませんでした。

いくら功績をあげても、小さなミスのほうが貴族社会では知れ亘《わた》ります。

誰も私を守ってはくれませんでした。

次期王妃というのは、それだけ辛《つら》いのです。

生まれた時から王族の人には分からないのでしょう。

ステファニーの気持ちが分かるのは私だけです。

ステファニーは何も悪くありません。

なのに、どうしてこんなことになってしまうの。

私だけでもステファニーの味方でいないと。私が守らないと。

私は一人、ステファニーのことを思いました。


【法務大臣】


王妃陛下は未だに前婚約者を望み、卒業パーティーで起きた事件を嘆《なげ》き続けていた。

そんな彼女の前では言えない事実が私の胸を苦しめる。

報告すべきなのか？

王妃陛下がステファニー嬢を溺愛《できあい》しているのを知らない者はいない。

周囲の者達はステファニー嬢の悪い噂を王妃陛下の耳に入れないように徹底していた。

「妃には言えないことがあるのではないか？　全て話してくれ」

国王陛下は気付いている様子だ。

「よろしいでしょうか？」

騎士団長が口火を切る。

「申してみよ」

「長年、王宮に広まるビンセント殿下の不評について調べあげました。それらは全てデタラメで、噂が広まる切っ掛けの一つが侯爵令嬢でした」

「なっ、まさか」

一人の大臣が驚きの声を上げた。

「故意に王太子の不評を広めた騎士に金を払っていたことも突き止めました」

「間違いないのか？」

「はい」

「私もよろしいでしょうか」

侍女長も手を上げて発言する。

「何だ？」

「私達使用人が殿下に対して思い違いをしていたのは、侯爵令嬢が使用人達に声を掛けては、殿下がいかに不器用な人なのかを話した影響がなかったとは言えません。当初は、幼い頃はそういうものだと思いながら聞いておりましたが、いつしか真に受けるようになっておりました」

二人の発言に、その場にいた者は黙り込んでしまった。

「それでは私が侯爵令嬢を調査してまいります」

調査官の一言で多少空気が緩む。

その場にいた者は全てを委《ゆだ》ねた。

「あぁ、それがいい。調査終了後、再び審議だ」

◆　◆　◆

ついに来ました、念願のケーキ大会。

予定では三日間開催される。

一日目は王宮で貴族達を相手に開かれることになっていた。

審査員に選ばれた貴族は一人につき十点持っており、美味《おい》しかったケーキにそれを贈る。

一つのケーキに十点を渡してもいいし、一点ずつに分けることも可能。

そして二日目に平民達による投票が行われる。

平民は一人一点の投票だ。

一日目二日目の総合計で勝者が決まる。

最高得点を獲得したケーキを作った者にお店を出す権利があり、それを三日目に発表するのだ。

もし同率が発生した場合は、決選投票を行うことになっていた。

決選投票には国王陛下と王妃陛下も加わる。

不正が発覚した場合は失格。参加費の返金もない。

わりと確《しっか》りとした大会になった。

私がいなくなっても続いてほしい。

さて、大会のことはビンセント殿下や側近の方達に任せて、私は今日のケーキを楽しもう。

どんなケーキがあるかなぁ。待ちきれないわぁ。

王宮の厨房《ちゅうぼう》は大忙しのようだ。

万が一を考え、王宮の料理人が監視をするためだが、少々狭い。

今後の改善点だ。

私は大広間で、ケーキが現れるのを今か今かと待機中。

こういう時、話し掛けてくれる友達という存在がソフィア・グレゴリーにはいない。別に良いけどさっ。

それにしても、使用人と騎士がこの大会に協力的に見える。

多分、殿下の好感度上げ作戦が効いているのだ。

彼らの殿下に対する印象は良いものに変わり始めているはず。

今日のケーキ大会も成功しますように。

さぁ、第一陣がやってきた。食べるぞぉー、おー。

私は気合を入れてコルセットを外してきた。

殿下は忙しくしていて、なかなか一緒にいられない。少し話ができても、すぐさま側近に呼ばれてしまう。私は一人、忙しく口を動かした。

一日目は目立った問題もなく順調に終わり、二日目に突入。

この日は平民にケーキを食べてもらい投票するのだが、お忍びで見に行くと、人数が多いせいで混乱が生じていた。

咄嗟の判断で、ケーキを受けとる所と食べる場所の距離を放す。大きめのお皿に複数のケーキを乗せて、列に並んでもらうようにした。

並んでいる人達に今回の大会の説明をする。

実は掃除や人の整理を手伝うボランティアを雇っていた。

彼らに頼んで大会に興味がない者が通行できる幅も確保する。

他にも、近隣の店にも迷惑をかけるからと、無料でケーキを配った。

殆《ほとん》どの店はそれだけで感謝する。

何故《なぜ》なら、甘いものだけで満腹は難しいため、それらの店で食事をとる客が増えたのだ。

そんな感じで、臨機応変の対応で乗りきれたのではないだろうか。

平民に混じって貴族の姿もあり、公平な投票に左右する可能性はあるが、それは今後の課題として残す。

他にもちょっとした問題は出ているのだろうが、難しいことは殿下や側近に任せよう。

みんな優秀だから、私が考えるよりも、良い解決策を出してくれる。私は殆《ほとん》ど必要ない。

お祭りのようなケーキ大会は二日目はどんどん進み、気がついたら終了時刻になっていた。

投票も滞《とどこお》りなく終わる。

後は集計して明日の発表を待つのみ。

三ヶ月間、無料で店を出せるという特典があるため、不正をする者が現れないとも限らない。

投票と開票は騎士の確認のもとでしてもらう。

この程度のことに騎士を立ち会わせるのは気が引けたが、皆、協力的だった。

やっぱり、皆お祭りごとが大好きなのね。


三日目。王宮で優勝者が発表され、勝者のケーキを国王陛下と王妃陛下が召し上がった。

シェフの記念になったことだろう。

今回の大会は成功した。

数日後。勝者のケーキが王都の店で売られるようになる。

店の名前も「勝者の店」と分かりやすい。とても人気となり、常に列ができる店となった。

三ヶ月という期間があるのも人気の秘訣だ。

そして、また三ヶ月後にはケーキ大会が開催され、新たな店になるだろう。

前回優勝したケーキがまた食べたくなったら領地へどうぞ、待っていますということだ。

これは半年後の話だが、領地の観光客が増えたとの報告が上がる。

ケーキ大会は国を活性化させ大きな利益をもたらすお祭りとなり、他国からの挑戦者が現れるほどまでになった。

王妃教育が休みの時に、大会会場になる場所を確認しに行ったが、普段は人通りは多いもののとても歩きやすい。

大会当日、迷惑をかけたであろうお店に客として入り、世間話を装《よそお》って大会について不満や問題はなかったか尋ねた。

店主は概《おおむ》ね不満はないと言った後、「賑わいすぎて従業員を増やしておくべきだったよ」と満足げに話してくれた。

「外にテーブルや椅子を出したかったけど、あのこみようじゃ無理だろうね」と少し残念そうだったので、「このお店の上の階はどうなっているんですか？　大会期間中は休憩室として貸し出すのも良いかもしれませんよ？　貴族は高みの見物が好きですから」と提案し、私は店を後にした。

私の意見を採用するかしないかは、店主次第だ。

今回の大会は平民からも好評だったと殿下に伝えるついでに、混雑しすぎだったので会場整備の人数を増やし、休憩所や迷子の相談所があると良いですよねと付け加える。

それにしても、殿下は気付いただろうか？

私は大会翌日、ドレスがキツくなっていた。

後悔はない。

◆◆◆

パーティーの日が来た。

今回のパーティーは婚約者（仮）の御披露目が目的だ。

仮が付いているので、確定ではない。

当然ながら、ビンセント殿下の前婚約者であるステファニー嬢も呼ばれていた。

私はドレスも宝石もかなり値段の抑えたものを準備している。次期王妃にしてはかなり地味だと噂されるであろう。

あの侯爵令嬢のドレスや宝石とは比べものにならないはず。

なにせ、それは王妃陛下が贈ったものだそうだ。

数日前に使用人達の噂でそう聞いた。

王妃陛下が今でも気にかけているのは侯爵令嬢だという無言の主張。

私への風当たりは強くなるだろう。

だけど逃げるわけにはいかない。

私にもドレスと宝石を用意してくれた人がいる。

彼らに恥をかかせないためにも、堂々と存在しなければならない。

宝石は小振りだが、とても細かい加工がされた良いものだ。細工師の技術が込められている。

ダンスの際は、光と角度によって色が変わって見えるらしい。

ドレスは既製のデザインに近いが、所々に珍しい布が使われている。

きっとデザイナーの心遣いなのだろう。

豪華さはないが繊細でとても品が良い。

緊張しながら登場の順番を待つ私を、頼もしく成長した殿下が落ち着かせてくれた。

なんだか最近、男らしくなったようだ。

以前までは私が励《はげ》まし、いい子いい子していたのに、ちょっぴり寂しい。

そうこうしている内に時間となり、殿下のエスコートで会場へ向かう。

少し余裕が生まれ、殿下の全身を見る。

驚いた、まさかのお揃いだ。

デザイナーは何も言っていなかったのに、こんなサプライズをしてくれるなんて。

ペアルックなんて初めてだから、照れる。

「フフ」

「どうした？」

私が急に笑い出したので、殿下は気になったようだ。

「殿下のお召し物と、私のドレスが……」

「あぁ、私が依頼した。嫌だったか？」

「殿下自ら？　嫌ではありません。少し照れますが、嬉しいです」

「そうか、良かった」

ペアルックを自ら言い出すなんて可愛すぎる。

なんだかそれだけで緊張が解れた。

国王陛下と王妃陛下の挨拶《あいさつ》が終わり、殿下と私だけのダンスとなる。

私達の婚約（仮）御披露目なのだから当然なのに、足が震えた。

当たり前だが、皆がこちらを見ている。

少しの失敗でも、後々まで悪く言われるに違いない。

緊張で心臓が壊れそうだ。

皆が私の失敗を待ち望んでいる顔だった。

貴族、怖《こ》ぇ。

笑顔を忘れるな。失敗しても笑顔で乗りきれ。大丈夫大丈夫。

そして、私達のためだけの音楽が始まる。

一歩目は緊張したが、殿下の「大丈夫だ」という言葉でダンスに集中できた。

この短期間で、殿下が隣にいると安心するようになっている。

二人だけのダンスは無事に終わり、貴族を交えてのダンスに変わった。

その後、私達は貴族達へ挨拶《あいさつ》回りを行う。

ある紳士からは、ケーキ大会についての話をされた。

次に聞いたのは、殿下の法案についてだ。

どうなったのか聞けずにいたが、法案は通っていた。

嫌みを言う人もいたが、大半は法案のお陰で他の貴族の内情知ることができたと喜んでいる。

娘を嫁《とつ》がせてから相手の不正が発覚するより、先に変わってもらったほうが良いという意見もあった。

殿下の働きを称賛する声が、僅《わず》かではあるが、あったのは確かだ。

夫人達には上辺を誉められる。

似合いのドレスだとか、慎《つつ》ましやかな私にはその宝石がよく似合っているとか。一見誉めているようで貶《けな》している言葉を、次から次へとよくもまぁ思い付くものだ。

そんな人達の会話は聞く価値もないと判断し、私は笑顔で受け流す。

最終的に、パーティーは精神を削られていくものなんだと理解した。


【とある貴婦人】


「あの女がどんなドレスか楽しみねぇ」

「全くですわ。宝石はこれ見よがしな大きなものをつけてくるんじゃありませんか？」

あの女とは当然、素晴らしき侯爵令嬢から王太子殿下を奪ったアバズレのことだ。

彼女がこのパーティーにどんな出で立ちで現れるのか、楽しみでしょうがない。

ほどなくして、あの女の登場の前に侯爵令嬢が登場し、場内がざわめいた。

「やはり、お綺麗ね」

「そうですわねぇ。あの宝石、素敵だわ」

「あんな豪華な宝石が似合うのはステファニー様だけよねぇ」

この後登場する女が同じか、いや、それ以上に豪華なものをつけてくるであろうと踏んで、ステファニー様は布石を打ったのだ。

全ての貴族が入場を終え、愚かな王太子殿下とアバズレの登場を待つ。

なんと、殿下とアバズレはドレスの色がお揃いだった。

今までにない光景だ。

王妃陛下が気を効かせて侯爵令嬢と殿下の衣装を合わせようとしたことが何度かあったが、当日、殿下が別の衣装にし一度として揃ったことはない。

私達は殿下の気持ちが変わらずアバズレにあることを知る。

少しは頭が冷えたかと思っていたのに、未だにとは。

王族が愚かでも側近や大臣が優秀であれば、国の行政は問題ない。

ただ不愉快なだけで。

何かあってもあの二人程度、どうにでもできるが、やはり不快。

ドレスの色はともかく、あの女の宝石はかなり小さいものだった。

侯爵令嬢とは違い、予算を掛けられていないのだろうと、一斉に貶《けな》す声が上がる。

「やはり、大臣達も認めていないのね」

「当然よ、私達の税金をあの女に使われたとなれば不快ですもの」

「あの女にはあれで十分よ」

「婚約者がステファニー様に戻るのも時間の問題ね」

そんなことを、あの子爵令嬢に聞こえるように語り合う。

あの女は負けてなるものかと思っているのか、下を向くことなく笑みを絶やさずにいた。

国王陛下と王妃陛下の挨拶《あいさつ》の後、王太子殿下とあの女のダンスが披露される。

その時、二人のお揃いのドレス生地がまるで一着のように重なった。

私達は批判する間もないほど二人のダンスに釘付けになる。

そして、子爵令嬢の胸元で光る宝石の色が彼女の動きに合わせて変わることに気付いた者は、あれを手に入れたいと密《ひそ》かに思った。

そうこうしている内に、二人のダンスが終わる。

王太子殿下と侯爵令嬢とのダンスはどうだったのか思い出そうにも、二人が最後にダンスしたのが何時《いつ》だったのかさえ記憶にない。

侯爵令嬢と殿下については何も思い出がないのだ。

思い出せるのは、王妃が侯爵令嬢にドレスや宝石を与えまくっていたことだけだ。

あんな豪華なものを贈られながら結局は婚約解消だなんて、何をやっていたんだろう。

そんなふうに意見を変え始めた私達と違い、夫達の反応といえば――

「王太子殿下とグレゴリー子爵令嬢によるケーキ大会でしたか、あれはなかなかの企画でしたな」

「グレゴリー子爵令嬢？　ですか？」

「令嬢の発案だと聞きましたよ」

「ほぉ、そうなんですね」

「あれは各領地対抗というのが良かったですね」

「その通りです。勝ったマーセル侯爵の領地のパティシエは無料で王都に出店でき、観光客が増えたとか。それが三ヶ月続くとあればいい収入ですな」

「次回は勝ちたいものですね」

「全くです」

「それに今回の大会のお陰で、ケーキを堂々と食べられましたよ」

「あっ、私もです。普段は食べるのを躊躇《ためら》ってしまいますよね」

「我々はケーキ店なんて、なかなか入れませんからね。審査と言って堪能《たんのう》しましたよ」

あの子爵令嬢が、というよりケーキ大会が話題となり、二人を支持する者が増えていた。


【デザイナー】


私のところにパーティーが成功したことが伝わってきた。

何故《なぜ》なら、王太子殿下とソフィア嬢があのパーティーで着用したドレスに似たものを、という依頼が出始めたのだ。

宝石商のヘスラッドにも確認したが、あちらもパーティーのために用意した宝石を使ったアクセサリーを貴族から依頼されているそうだ。

ソフィア嬢は貴族社会に受け入れられていないという噂だったが、ここまで影響力があるのならば、嫌われていても問題ないのでは。

そもそも前婚約者が貴族達に何らかの影響を与えていた記憶がない。

どんなに素晴らしいドレスや宝石を身につけても「素晴らしかったわ」と噂になるだけで、同じものをと頼まれたことは一度もなかった。

格の違い？　質の違い？

何にせよ、あの子爵令嬢は人の注目を集めるのが得意なようだ。

彼女のお陰で、これからは今までにないドレスを作れそうだ。

宝石を散りばめるだけのものではなく、デザイナーとしての実力を見せられるものを。

ああ、ワクワクする。私のデザイン力が陽の目を浴びるかもしれないと思うと興奮が治まらない。

ありがとう、ソフィア嬢。

貴方のお陰で私はデザイナーとしての誇りを思い出した。

今後も貴方に似合うドレスを作っていこう。

4

パーティーの数日後。私は王妃様をお茶会に誘《さそ》った。

返事は当然ない。

けれど、のんびりしてはいられない。私が退《しりぞ》いてステファニー様が復帰するためには、急がなければならないのだ。

私は王太子殿下の側近達の話を偶然聞いてしまった。

「――グロッサム侯爵が新たな婚約者を探しているようですね」

……え？

私は咄嗟《とっさ》に身を隠す。前世で見ていたドラマでよくあるように壁と同化して顔だけ出し、側近達の会話に集中した。

グロッサム侯爵って、あの侯爵？　もう一回言って。

ちゃんと言って。いや゛ぁー、行かないでぇー。

どうしよう、どうしよう、どうしよう。まずい、まずい、まずい、まずい。

ステファニー様が別の誰かと婚約したら、誰がビンセント殿下と婚約するの？

とてつもなく油断していた。

この前、ステファニー様が婚約者に戻るのは時間の問題って誰かが言っていたから。

あれは嘘？

もう呑気に味方を作って乗り切るとか言っている場合じゃない。

手遅れ？　手遅れじゃないよね？

あー、どうしよう、どうしよう。何をケーキ大会とか開いているんだ、馬鹿者っ。ブクブク太ってる場合じゃないんだよっ、いち早く王妃陛下にお会いしなければ。

次のパーティーは建国記念を祝うものだ。今までのパーティーとは意味が違う。

そこで王太子殿下のパートナーを務めれば、私が婚約者だと確定してしまう。

それだけは避けなければ。

ダメダメダメダメ。ステファニー様が殿下と再び婚約するんです。それは決まっていることなんです。お願いです、早まらないでぇー。

いえ、大丈夫、大丈夫。まだ間に合うはず。

落ち着くのよ。落ち着くのよぉ、私。

逆に、建国記念パーティーで前婚約者が復帰すれば、その話が一気に広まる。

建国記念パーティーで復活……侯爵令嬢に相応《ふさわ》しいのではないだろうか。

誰もが憧れ、待ち望んでいた侯爵令嬢が再び戻ってくるのだ。新たな伝説になるに違いない。

ああいう人こそ王妃に相応《ふさわ》しいのよ。

貴族も平民も侯爵令嬢をと、今でも……今だからこそ一層、思っているに違いない。

私もその一人だ。

私の思いを王妃陛下に伝えよう。そうすれば、ステファニー様が速《すみ》やかに婚約者に戻るはず。

私さえいなくなればいいのだ。

今日のお茶会、王妃陛下は来てくれるだろうか？

王太子殿下を誑《たぶら》かした女のお茶会には応じないかもしれない。そうなれば国王陛下に申し出るしかないわよね。

私から近づいておきながら辞退したいなんて……きっと不敬で首を斬られる。

殺されたくないなぁ。

痛いのは嫌だっ。

それ以前に死にたくないっ。

だって誑《たぶら》かしたの、私じゃないもん。

焦《あせ》るあまり、私はノックの音を聞き逃す。

気が付くと、サロンの扉が開いている。

誰？　誰？　誰？

「待たせてしまったかしら？」

王妃陛下だぁー。来てくれたぁー。

喜びと同時に驚く。

本当に来てくれるとは思っていなかった。

「いえ、滅相もございません」

「そう」

私の高いテンションとは違い、王妃陛下はドライだ。

私の顔など見たくないという思いがひしひしと伝わってくる。

すぐに帰りたいんだろうなぁ。

用件を伝えてすぐにお開《ひら》きにしなければ。

「私のほうからお誘《さそ》いしてしまい、申し訳ありませんでした」

「そうね」

うわぁ、会話を切られる。負けるな自分、頑張れ自分。

「本日は王妃様にお話ししたいことがございまして、無理をお願いいたしました」

「そう」

「私の婚約についてです」

バシッ。扇子《せんす》の閉じる音が部屋に響く。

扇子《せんす》を握りしめている王妃陛下の手に力が込められ、徐々に白くなっていくのが見えた。

相当お怒りだ。

「王妃陛下がどれほど私にお怒りなのか計り知れませんが、私は陛下のご指示に従います」

「……私の？」

「はい」

「婚約を辞退しろといえば、辞退すると？」

「はい」

「ふざけないでちょうだい、貴方は自分がどれほどのことをしたのか分かっているの？」

「理解しているつもりです」

「いいえ、理解していないから、そんなことを軽々しく言えるのではなくて？」

「私はどのような罰も受ける所存です」

「……分かっていないわ」

「私は……王太子殿下の……国のためになるのであれば、どのような汚名も受け入れます」

「…………」

「私は今でも、殿下の隣にはステファニー様がいらっしゃるべきだと考えております」

「では何故《なぜ》あのようなことを？」

「私のような存在がいてこそ殿下の真価が皆に伝わるのでは、と考えました。それに私ではステファニー様の代わりは務まりません。あの方こそ王妃に値する素晴らしい女性です。皆様、私が現れたことで、ステファニー様が素晴らしい令嬢で次期王妃に相応《ふさわ》しいか、再確認できたはずです」

「…………貴方は、そのために動いたと？」

「私は私のできることをしたまでです」

「貴方のしたことは……国のためとはいえ、罰を受けるのよ……」

「構いません、それが私の役割であると考えております」

「…………」

「ただ……できることなら、国外追放で済ませていただけたら、とは願っています」

「国外追放っ」

「やはり、私は処刑でしょうか？」

「そんなことにはっ……」

「私は王妃陛下のご指示に従います。どのような判断をされても、私は——我がグレゴリー家は王家に従います」

ごめんなさい、お父様にお母様。もしかしたら没落、追放かもしれません。

ですが、貴方達の娘がしでかしたことなので受け入れてください。

「用件は以上です。本日は私のために時間を取っていただき、誠にありがとうございました」

王妃陛下は何も言わず去った。

あー、とてつもなく怖かったよぉ。なんとか生きて国外追放になりますように。

私は手を組んで祈った。


【王妃】

あの令嬢は噂とは違い、そして噂通りだった。

学園でのビンセントとの噂は作られたものだったのね。

私のように……いや、私以上に王太子とその婚約者の仲を心配している貴族がいたなんて驚きだ。

ソフィアは一人でこんなことをしたのだろうか？

この後どうなるかなんて言わなくても分かっているはずなのに。

王妃教育を担当していた者はソフィアを気に入っていた。

そんな本来の姿を長い間、隠していたのね。

それほど優秀だから、表向きは愚かな女として振る舞えたのに違いない。

これ以上この状態を続けた場合、王家がソフィアを受け入れたと認識されてしまう。

だから、このタイミング？

ビンセントに近づく令嬢は皆、王妃の座しか見ていなかった。

ソフィアもそんな令嬢の一人と決めつけていたわ。そして、ビンセントが変わったのは、ステファニーのためだと思い込もうとした。

でも本当は、王宮の雰囲気が変わった理由を私も知っていた。

それでも私はステファニーだけを望んだ。

いかなる理由でも婚約が駄目になった令嬢がどうなるか、想像したくない。

ステファニーがそうなる必要はない。

私は知っているのよ。

幼い頃から努力して淑女教育を受けていた彼女がビンセントの話をする時、楽しいという気持ちが溢れていた。

そんなステファニーが、泣きながら侯爵と共に私を訪ねてきた時は何事かと驚いたわ。

どんなに辛《つら》い時でも泣かなかったステファニーが涙を見せていた。

なんでも、ビンセントが騎士に酷《ひど》いことをされているとか。

ステファニーから現状を聞くまで信じられなかった。

以前からビンセントと騎士の間のトラブルは聞いていたが、まさか王宮の騎士が幼い息子に手加減なく打ち込み、剣を落としても訓練を続けているなんて。

ステファニーが止めても無理やり続けたそうだ。

「ビンセント様が殺されてしまうのではと怖かった」

そう涙ながらに語っていた。

ステファニーは以前から団長に「ビンセント様が怪我をしてしまう」と、訓練をやめるように頼んでいたらしい。

ステファニーが嘘を吐《つ》いているようには見えなかった。

私はステファニーを落ち着かせるためにサロンに移動する。部屋には国王陛下と侯爵が残った。

サロンで二人きりとなり、私はステファニーを宥《なだ》める。

「ステファニー、よく話してくれたわね」

「……はい」

小さな声。このままこの子は消えてしまうのではないか、と胸が締め付けられた。

「以前から知っていたの？」

「はい」

「私に相談してくれたら良かったのに」

「……王妃様に話したら……悲しまれると思いました」

自身が苦しんでいるのに私の心配をするなんて。

「侯爵には以前から相談していたの？」

「いえ」

「そう……」

知っていたら侯爵は既《すで》に報告していたはず。先程の様子からして、ステファニーに聞いて急いで王宮に来たのだろう。

「お、王族の事情は家族にも話してはいけないと……」

「あっ」

それは私が教えたことだ。

王族の秘密が漏れるのは、国の一大事に関わる。

だから今のうちから教えたのだ。

それを守り、一人で苦しんでいたの？

ああ、私もそうだったのに。

一人では抱えられない問題に助けを求めたかった。

けれど、「王族の内情は家族であっても話してはならない」という教えに苦しめられていたのだ。

私はその苦しみを知っていたのに、まだ幼い令嬢に同じ苦しみを……

ごめんなさい、ステファニー。貴方は既《すで》に立派な「王太子の婚約者」だわ。

私はそんなステファニーの告白で、その頃のビンセントの様子がおかしかった理由を知った。

私とステファニーが去った部屋に、騎士団長が呼ばれる。そして、彼には王宮を去ってもらった。

話し合いの場で騎士団長は、「あの程度で怪我はしない」「令嬢が勘違いしていただけだ」「殿下は訓練を望んでいる」などと発言していたそうだが、そんな言い訳が通用するはずがない。

幼い子に剣を落としても打ち込むなんて。万が一があったらどうするの？

その日からビンセントの訓練は中止された。

その事件からも分かる通り、ステファニーは幼い頃からビンセントだけを見ていた。

彼女ほどビンセントに相応《ふさわ》しい相手はいない。

けれど、あのソフィアも私と同じだったとは。

私は簡単にソフィアを「他人の婚約者を奪った女」と決めつけてしまった。

本来の姿を見た今、そんな言葉は出ない。

ソフィアは王妃に相応《ふさわ》しいといえる。ビンセントとの仲も良好で、誰も味方のいない王宮で多くの支持を得た。能力も度胸もある。目的のためなら自身がどうなろうと構わないという信念まで備えていた。

私にはそこまでの信念はないわ。

ソフィアの揺るぎない態度から、今すぐにでも国を去る決意が見てとれた。

たとえ去ることはなくとも、婚約は辞退するわよね。

私がくだらない意地を張らず受け入れていたら、彼女はビンセントの隣にいてくれたのかしら？

ビンセントの見る目は確かだったのね。

あの令嬢の思いを無駄にするわけにはいかない。

ビンセントの婚約者をステファニーに戻そう。陛下と話し合わなければ。

私の計画では、ソフィアは貴族籍を抜き平民にするつもりだった。

だけど、今ではそんなことをするわけにはいかない。

ソフィアの人生も守らなければ。


【グロッサム侯爵】


娘、ステファニーは私の宝だ。

娘は幼い頃から愛らしかった。

そんなステファニーが殿下の婚約者に選ばれるのは当然だ。

本当ならどんな男にも渡したくはないが、いずれは結婚する。くだらない男には渡さんと先伸ばしにしていたものの、王族からの要求を断ることはできなかった。

婚約が決まった当初は、ぎこちないながらも二人ならば心配ないだろうと、私は見守っていた。

王宮で受ける教育も、娘は「楽しい」と言って無理をしているようには見えなかった。

ステファニーの評判は「素晴らしい」「優秀」「聡明」。どれを聞いてもあの子を認めるものばかりだ。

私の知らないところでのステファニーの活躍を知る。

多くの貴族にステファニーの努力が伝わり、私は浮かれていたのかもしれない。

ステファニーの誕生日には王太子殿下から宝石やドレスが贈られている。二人の関係は良好なのだと。

パーティーを共にする姿を見ることはなかったが、幼い頃から殿下は恥ずかしがり屋だ。美しく成長したステファニーに緊張してしまうのだろう。男にはそういう時期がある。

そう思っていた。

そして卒業パーティーの日。

私は前日の大雨により領地の災害状況を確認しなければならなかった。私がいなくとも殿下が娘をエスコートしてくださると信じて出かける。

その後、残酷な事件が起こる。

従者の一人が急いで私に報告に来たその内容は、受け入れがたいものだった。

まさか王太子殿下が身分の低い令嬢に絆《ほだ》されるとは。

ステファニーとは似ても似つかない。あのような女が好みだったのか？

ステファニーへの思いは嘘だったのか？　それとも優秀なステファニーへの当て付けか？

殿下の評判は私にも届いていた。

このままではステファニーが苦労するかもしれないと不安だったが、娘の殿下への想いは変わらなかったため、何も言わなかったのだ。

それなのに、殿下はステファニーを裏切った。

それも残酷な方法で。

卒業パーティーで、独断の婚約破棄。

そんなことをすれば殿下自身の首も絞まるのに。

それすらも分からないとは。

私は自分で何かしようとは思わなかった。

周囲の人間がステファニーのために動いてくれるだろう。

急いで屋敷に戻り、ステファニーに大丈夫なのかと尋ねた。

「私の至らなさが原因で、お父様にもご迷惑が……申し訳ありません」

娘はそう言って私に頭を下げる。

そんなことをする必要はない。ステファニーは一つも悪くない。

「やめなさい、そんなことをするな」

すまなかった。私はまた、気付いてやれなかった。

その後、婚約破棄ではなく婚約解消と発表された。それでも貴族達の頭には婚約破棄として残る。

ステファニーは被害者だ。

なのに、何故《なぜ》このような視線を受けなければならないんだ。

ステファニーのために新たな婚約者を探さなければならないな。

あんな凡庸《ぼんよう》な王太子よりステファニーに相応《ふさわ》しい貴族はいる。殿下に固執することはない。

ただ問題は、ステファニーが幼い頃から殿下を慕っていることだ。

今ではいつも完璧な微笑《ほほえ》みをたたえているが、幼い頃の彼女はよく笑顔で殿下の話をしてくれた。

その姿は微笑《ほほえ》ましいが、王妃となれば今のようにはいかなくなる。

そんな淋しさはステファニーが幸せならばと受け入れていた。

そして、その日が来るのは当然のことだと疑わなかった。


あの日。ステファニーが私を見て突然泣き出したのには驚いた。

ビンセント殿下の婚約者となって暫《しばら》く経った頃のことだ。淑女教育のために王宮に通っていたのに何が起きたんだだと、私は慌てた。

「お父様、ビンセント様を助けてぇ」

「ど、どう、どうしたんだ？」

「騎士の方達が……」

「騎士？」

「ビンセント様の訓練は危険です。続けたらビンセント様が……」

「私がどうにかする、大丈夫だ。ゆっくりでいい、話してくれ」

聞くと、幼い殿下に対し過剰な訓練を目撃したとのこと。止めに入り、その時は訓練が中止になったものの、再び始まった。何度も騎士団長に訓練の中止を求めたのに聞き入れてはもらえず、怪我では済まなくなるのではと不安でいる、と。

最近、私に「お父様はいつ、王宮に伺うのですか?」「王宮にはいらっしゃらないのですか?」と何度も聞いてきたのはそのせいだったのか。

私と一緒にいたくてそんなことを聞いているのだと思っていた。

だが、あれはステファニーなりに助けを求めていたのだろう。

それを私は見過ごした。

こんなに苦しんでいたのに気付かないなんて。すまなかった。

私はステファニーと共に王宮へ急いだ。

すぐ国王陛下と王妃陛下に全てを話し、団長を辞めさせた。

両陛下は表だっては見せないが、王太子殿下を溺愛《できあい》している。

お二人の立場がそうさせなかっただけ。

「最近、ビンセントの様子がおかしかったのは、このせいなのか……」

そう呟《つぶや》く陛下の声を聞いた。

「ここ暫《しばら》く、隣国との関係が良くありませんでしたから、国を優先するのは国王としては正しいかと」

「国王として……父としては？」

「…………」

「答えられんか……」

国王陛下は殿下を蔑《ないがし》ろにしていたわけではない。

今は状況が悪いのだ。

誰も気付かなかったのではなく、気付けなかった。

ステファニー以外は。

国王陛下に話す際、「ビンセント様が殺されてしまう」と物騒な発言はあった。騎士団長は流石《さすが》にそこまではしていないと思うが、幼いステファニーにはそう見えたのだろう。

殿下の様子がおかしくなってしまうほどの訓練。

それを知る者は少ない。

だから極秘に処理した。

王宮でのことを気軽に話すわけにはいかない。

だから、ステファニーが自分を助けたことを殿下は知らないのだろう。

その結果が婚約破棄か……

起きてしまったことは仕方がない。いつまでも悲観していてはいけないのだ。

あれから時間も経った。

そろそろステファニーの新たな婚約者を探さなければ。

そのために動き始めた時、ステファニーが王宮へ呼ばれた。

【ステファニー】


私は本日、王妃様に呼ばれて王宮へまいりました。

私は侯爵令嬢のステファニー・グロッサムにございます。

幼い頃より王太子殿下の婚約者として、日々王妃になるべく精進してまいりました。

ですが、私の至らなさが原因で婚約を解消されてしまったのです。

本日は久々の王宮になります。

王妃教育のために何年も通っていて顔見知りとなっている使用人も多く、遠くから私を確認している姿が見えました。

以前であれば他愛ない会話を交わしていましたが、私はもう王太子殿下の婚約者ではありません。

王宮の使用人と親しくするわけにはいかないでしょう。

寂しいですが、そういうものです。

王妃様専属の侍女長に案内されながら、私は王宮の雰囲気を確かめました。

あの頃と同じようであり、少々変わったとも感じます。

それは致し方のないことと承知しておりました。

皆さん大丈夫かしら？　新たな婚約者は皆さんにも優しくしてくださっているのかしら？

殿下は優しくて人を信じやすく、それでいて誤解されやすい性格なので不安です。

私がいなくなったため、使用人や騎士達に誤解されているのではないでしょうか？

心配でなりません。

けれど、新たな婚約者の存在があるので、私が出すぎるわけにはいきません。

何もできませんが遠くから殿下の幸せを願おうと思います。

暫《しばら》くして、王妃様の待つ部屋へ辿《たど》り着《つ》きました。

既《すで》に王妃様はいらっしゃいます。

幼い頃に習ったカーテシーでご挨拶《あいさつ》を。

「本日はお招きいただき、光栄にございます」

「畏《かしこ》まらないで、こちらに座って」

「はい」

すすめられるまま、私は椅子に座りました。

「ステファニー、貴方にはもっと早く謝罪するべきだったわね。ビンセントが申し訳なかったわ」

「いえ王妃様、謝罪など……あれは仕方がなかったのです。私がもっとビンセント殿下に寄り添うべきだったのです。私の力不足でした」

「貴方のせいではないの。……それでね、急なんだけど、二日後に隣国から王子がいらっしゃるの。彼の案内を貴方にしてほしいわ」

「……私ですか？」

「ええ、貴方にお願いしたいの」

「……私は構いませんが……その、ソフィア様は？」

「あの令嬢……にはまだ早いわ」

「そうですのね。畏《かしこ》まりました。不肖ながら私、ステファニー・グロッサムが承《うけたまわ》ります」

「ええ、よろしくね」

私は王妃様とそんな会話を交わしたのです。


——ここはね、小説の世界なの。

私はヒロインの侯爵令嬢。

なんて素晴らしいのかしら。

この小説はちゃんと侯爵令嬢が幸せになる話。

優秀と評判の侯爵令嬢と素直になれない王太子の恋の話なのよ。

王太子は幼い頃より侯爵令嬢に気があった。

一目惚《ひとめぼ》れして、運がいいことに彼女と婚約する。けれど、侯爵令嬢が優秀すぎて空回りする。それで拗《こじ》れちゃう、なんともじれったいお話。

王太子は学園に入学した後、偶然知り合った子爵令嬢と親密になる。彼女は持ち前の明るさと優しさで殿下に近づき、二人は急接近。周囲の目を気にしない子爵令嬢の振る舞いは、殿下の首を絞めていく結果に。

二人が愚かな行為をすればするほど、侯爵令嬢に同情の視線が集まる。侯爵令嬢は淑女としての優雅に冷静に振る舞った。

そして、貴族達は侯爵令嬢と子爵令嬢の格の違いを目の当たりにする。

子爵令嬢のお陰で、貴族達は侯爵令嬢が自分達が考えていた以上に優秀で聡明だったと理解したの。

そして、学園の卒業パーティーで婚約破棄。

殿下も心の隅では、婚約破棄など望んではいなかった。子爵令嬢に乗せられ後戻りができなくなり、苦悩していたのよ。

婚約破棄後、子爵令嬢をエスコートするたびに、いかに侯爵令嬢が素晴らしかったかを痛感して泣きそうになるのを我慢する。けれどある時、前婚約者を見付け、すがるように求めてしまうの。

「本当なら私の隣には愛すべき人がいるはずなのに、何故《なぜ》貴方はそんなに遠くにいるのですか?」

そう侯爵令嬢に問いかけるのよね。

一方、子爵令嬢は王妃教育が中々進まず、泣き言を言っては殿下にすがり付くものの、相手にされなくなった。仕方なく、騎士団のもとへ通い色仕掛けをする。だが、それも通用しない。とうとう子爵家に出入りする平民の男と戯《たわむ》れ出《だ》す。

すると、王族も貴族も待ってましたと言わんばかりに、子爵令嬢を王太子の婚約者の座から引きずり下ろした。同時に侯爵令嬢を再び婚約者にという話が持ち上がる。

侯爵令嬢は素直に引き受けることはなく「王太子殿下の気持ちを聞いてから考えます」と答えるの。

そして王宮で国王や貴族達が周囲にいる中、殿下のこれまでの気持ちを聞くことになる。

「優秀な侯爵令嬢に追い付きたくて努力していたが何もかも思い通りにはならず、侯爵令嬢の傍《そば》にいたかったのに逃げてしまった。子爵令嬢を隣に置くことで侯爵令嬢の気が少しでも引けるのではないかと浅はかな考えで動いた結果、取り返しのつかないことに。本当は婚約破棄など一度も考えたことはなかったし、したくもなかった。ずっと侯爵令嬢の隣にいたかった」と殿下が涙声で語るの。

その思いに貴族達も必要以上に侯爵令嬢と比べ、殿下の出来が悪いと罵《ののし》っていたことを反省する。

そして、侯爵令嬢が「どんな殿下でも私はお慕いしております。一目惚《ひとめぼ》れした人に見ていただきたくて努力していましたの。私を殿下の隣にいさせていただけますか？」と応え、殿下に抱きしめられる。その場にいる王族、貴族、騎士、全ての人が拍手を送った。

二人の再婚約はすぐに発表され、三ヶ月後には結婚、国をあげてのお祝いムードとなる。

騎士達との蟠《わだかま》りも侯爵令嬢がいることで次第になくなり、王宮での殿下の立場はよくなる。

最後に王太子殿下は愛妻家として有名な国王となった。

ここで物語は終わるの。

オマケとして子爵令嬢の話も少しある。

王太子と婚約中に平民と交わったことで、二度と貴族社会に戻れぬように貴族籍を奪われ、そんなに男を誑《たぶら》かしたいのならと娼館で働くことを命じられた。その後、どうなったかは書かれていない。

そんな話なのよねぇ。

だから、私が無理に動くことはないのよ。

あー楽しい。今のところ小説通り。

私が転生に気付いたのは七歳の頃。結構早めで良かったわ。

王太子殿下の誕生日のお茶会に呼ばれた時に一気に情報が入ってきたの。

何が切っ掛けだったのかは未だに謎のまま。ただ、ここが好きだった小説の中だというのは分かった。

初めは夢なのかと思ったけれど、月日が経つうちに現実だと気付く。

それからは小説の侯爵令嬢になるべく、努力した。

その一年後。努力が実り、私は殿下の婚約者に。

小説の通りだと、ほくそ笑むのを堪《こら》えられなかったわ。

そして、王宮で淑女教育が始まった。

子供が習うようなことは、当然すぐに覚えたわ。

周囲の人達は、私を優秀、聡明と褒め称えてくれる。

気持ち良いわ。

だけど、王妃教育に入った途端に難しくなった。

覚えることが半端ない。

貴族の名前、爵位、領地、領地名、領地の特産品、他にも天候、過去の災害。挙げればきりがない。

それだけではなく、更に周囲の国にも意識を向ける。

ぐったりするほど疲れた。

詰め込みすぎよ。子供にどんだけのことをさせるの。

まぁ、私が優秀だって噂は王宮どころか貴族達にも広がっているからいいけど。

小説通りにやるって大変。

特に王妃様とのお茶会は、未来の嫁姑《よめしゅうとめ》なので気合を入れた。

王太子殿下のことを嬉しそうに話すと満足そうな顔をする。だからたくさん話してあげた。

これで私が王妃様に攻撃されることはない。

小説でもそんなことはなかったけど、念のためね。

公平というか、息子の婚約者だからと特別扱いしない厳しい人だから、少しでも私に甘くなるように、だ。努力している姿や殿下を慕っている姿を見せつける。

時間はかかったが、お陰でそこまで厳しい人ではなくなった。

その後は、小説をそのままなぞるのはつまらないから、少しばかり私らしさを出してみる。

転生者の特権よね、未来が分かるから過去を変えるのって。

小説では、殿下の愛想が悪いため使用人が怖がっているとあったので、彼らがそう感じる前に

「殿下は皆さんに対して何とも思っていないので、怖がらないでください」「殿下は愛想がないのではなく、不器用なんです」とフォローする。

何処《どこ》から殿下の下らない噂が回るか分からないので、無差別に多くの人に伝えた。

これで殿下を誤解する人がいなくなるでしょう。

次に騎士に扱《しご》かれ傷つくという描写があったので、私が身を挺《てい》して「守った」という印象を作る。

前世の小説やマンガでは、それ切っ掛けで主人公達が意識し始めた作品が何冊もあった。

殿下は今日のことを忘れられず、私のことをどんどん好きになっちゃうんだろうなぁ。

突き飛ばされた騎士が逆恨みから殿下を襲うことも考えられる。

それこそ身を挺《てい》して庇《かば》うのもありだが、命の危険がある。私は金を渡して彼を追い払った。

王太子の名前を出せば二度と王宮へは来なくなる。殿下を利用してしまったが、バレることはないでしょう。事後処理も完璧ね。

殿下に無駄に厳しい騎士団長も、お父様と国王陛下に泣きついてクビにしたわ。

この時期は隣国との問題で息子が普段とは違う様子だと気付きながらも国王は放置していたと、小説にはあった。

だから今言えば、すんなりいけると思ったのだ。

クビまでは無理だったとしても、団長は調査されるはず。そうなれば訓練が緩和されると考えた。

結果、予想以上に上手《うま》くいった。

これで殿下を苦しめるものはなくなった。

いつかこのことを知った殿下は私に感謝するんだろうな。

私が王妃の座目当てではなく、殿下自身を望んでいると証明するため、「殿下のダメな部分含めて全てを愛してる」という態度を取る。時間を見つけては、騎士達に「殿下は私よりもゆっくり丁寧に覚えます」「殿下は虫も殺さないほど優しいです」などと語り続けた。

殿下が騎士と会話している時に私の名前が出れば、私が惚気話《のろけばなし》をしていたと知ってくれるだろう。

殿下はきっと私の純粋な想いに胸を熱くするはず。

そして殿下に知られてしまった私は顔を赤くするの。

私は小説以上に愛され王妃になっちゃうわぁ。

なんて素晴らしい世界なのかしら。

早くその日が来てぇ。


だから私が王宮に呼ばれた時、婚約者に戻ってくれないかと国王陛下と王妃陛下に頭を下げられるのだと思っていた。

あぁ懐かしい、この王宮。仕方なく戻ってあげるわぁ。

幼い頃より通ってきた王宮は自分の屋敷のようだもの。

いずれ本当に私のものになるしね。

使用人や騎士達も私の帰りを待っていたように感じる。

あんなに遠くから見つめちゃって。私は怒ってないから話し掛けてくれてもいいのに。

まぁ、気まずいのは分かる。アバズ令嬢をもてなしてしまったんだもの。

アバズ令嬢とアバズレ異常、どっちがあの子にお似合いかしら？

そんな女に嫌々お仕えするなんて可哀想。しかも娼婦に。

さぞ辛《つら》かったでしょう。

でも大丈夫よ、私が戻ってきたんだもの。

喜びを隠さなくてもいいのに、使用人は落ち着いている。

王宮に仕える者の品位を重んじているのね。本当なら私に駆け寄り祝いたいと思っているんでしょう。大丈夫よ、その時間はいずれ来る。私は貴方達を広い心で受け入れてあげるわ。

そして聞かせてね、あのアバズ令嬢の奇行を。

そうなれば私は驚きながら同情し、「あまり悪く言わないであげて」と令嬢を庇《かば》うの。

皆が私を「優しすぎます」と持ち上げてくれるだろう。

これからのことを考えてニヤけるのを堪《こら》えるのは大変だわ。

それにしても、皆さん、以前よりずっと生き生きしている。

そんなに私を待ち望んでいてくれたなんて感激だわ。

子爵令嬢《アバズれいじょう》には感謝しかない。

彼女は彼女の役割をちゃんとこなしたのね。

私は彼女を恨んだことは一度もないの。

だってぇ、こうなるって分かっていたから。

ありがとう、アバズ令嬢さん。

――なのに、婚約復帰の話が来なかったのは意外だった。

まあ、隣国の王子の対応を私に任せるというのだから同じことよね。

アバズ令嬢にはまだ早いのだとか。当然といえば当然ね。

他国に我が国の次期王妃があんなアバズ令嬢だなんて思われたら、弱みを晒《さら》すことになるもの。

けれど、どうしましょう？　二人の王子に惚《ほ》れられて私の取り合いが始まったりしたら、それこそ戦争になっちゃうわ。

私のために争わないでぇってやつになったら、困っちゃう。

そうならないようにビンセント殿下には傍《そば》にいてほしいんですが。まだ反省しているみたい、卒業パーティーのことを。私はもう許しているのに、可愛い人ね。

私から声を掛けたほうがいいのかしら？

それとも、私が隣国の王子に言い寄られているところに颯爽《さっそう》と現れ、「令嬢は私のものだ。気安く触らないでくれ」とか言って助けてくれたりするのかしら？

楽しみっ。


そして隣国の王子がやってきた。私はいつものように可憐に優雅に振る舞う。

そうすれば全てが上手《うま》くいくことを知っているから。

あのアバズ令嬢とは違い、品良く。

ビンセント様は隣国の王子の出迎えに姿は見せたが私に近づかなかった。

それでもきっと私を常に気にしているはず。

私への気持ちが昂《たかぶ》っているんですよね。

小説では、今頃私への思いに溢れ、アバズ令嬢をぞんざいに扱い始めている頃だ。

だけど、隣国の王子の話なんてあったかしら？　よく思い出せないのよね。

まあ侯爵令嬢の私なら完璧にこなせる。問題なんて起こらない。

私は王子に王宮を案内しながら庭園を散歩した。

リーベン王国の第一王子、アルベルト殿下。

彼はやはり王族。素晴らしい顔立ちに気品溢れる姿をしている。

淑女教育で培《つちか》った表情筋がなければニヤけてしまっていたわ。危なかった。

学園なら、アルベルト王子と一緒にいる私を見せびらかしてもっと承認欲求が満たされるのに、残念でならない。

けれど、まさかの会いたくない人間に遭遇した。

アバズ令嬢が庭師と仲睦《なかむつ》まじく会話をしていたのだ。

そういう姿が貴方にはとてもよくお似合いね。

男性と見れば身分関係なく、すり寄る姿に感心する。

これ見よがしに、アバズ令嬢は抱えきれないくらい様々な花を手にしていた。

きっと「やぁん、手伝ってぇ」と言って男に近づく手段なのだろう。浅はかね。そんなものに騙《だま》されるのは、下心丸出しの愚かな男だけよ。

つまり、貴方にお似合いの男が釣れる技ってことね。

ここでそのまま無視しても良いが、このアバズ令嬢にアルベルトを紹介したらどうなるのか、少し興味が湧いた。何らかの問題を起こしてくれたら面白い。

「まぁ、ソフィア様、どうなさったの？」

私は彼女を心配している素振りで優しく声を掛けた。アルベルト王子が隣にいるのを全力で意識しながら。

「ス、ステファニー様、ごきげんよう。明日、隣国の王子がいらっしゃると王妃様から伺い、お招き用の花を頂いていたのです」

「……隣国の王子？」

私の隣にも王子がいるのに別の王子のために花をって、それを聞いたアルベルトがどんな気持ちになるのか分かってないのね、この子。

まぁ、貴方の無知で私の優秀さが引き立つのだけど。

「はい、アルベルト様という方です」

今なんと？　アルベルト様って、私の隣にいる方のこと？

「ふふ」

アルベルトが笑っている。

はぁ、なんたる無礼。私が訂正しなければ。

「素晴らしい花ですね」

けれど、私より先にアルベルトが話し始める。

「はい、庭師が丹正込めて育てた花なんです。男性もやはり部屋にお花があったら、喜ばれますか？」

「私は嬉しいですよ」

「良かった。ではこの一輪を差し上げます。どうぞ」

「頂けるのですか？　隣国の王子の部屋に飾るのでは？」

「王子は明日いらっしゃいます。今日は花を飾る練習です。それでは失礼いたします」

そう言って、アバズ令嬢はお辞儀をして去っていった。

アルベルトは貰った一輪の花を愛《いと》おしそうに見つめている。

なに？　どういう状況？　まさかあの女、態《わざ》と？

ドジをアピールして隣国の王子にも色仕掛けをしたのだろうか。

こんなくだらない手に引っ掛からないよう、なんとしてでも私が止めなければ。

「アルベルト殿下、申し訳ございませんでした」

「ん、何がだい？」

「先程の令嬢です。殿下がアルベルト様とは知らずに無礼を」

「全く気にしてないよ」

「そちらの花も私が処分いたしますので」

私は花を受け取ろうと手を差し出す。

「いや、これは私が」

しかしアルベルトは、私を置き去りにして歩き始めた。

本気で気になっているの？　あのアバズ令嬢を？

あの女は何処《どこ》まで男を誑《たぶら》かす天才なのだろう。私の邪魔ばかりしやがって。

ビンセント様の二の舞にはできないわ。

「アルベルト殿下には婚約者様がいらっしゃるのですか？」

「いないが、何故《なぜ》だ？」

振り向くことなく、アルベルトが返事をする。

「お気をつけください」

「どういう意味だ？」

「あの女性は殿方との距離がとても近いので、勘違いされる方が多くいらっしゃいます」

これで伝わったのではないだろうか。

あの女は男と見れば色仕掛けを繰《く》り出《だ》すアバズ令嬢だと。

「あぁ、使用人にも分《わ》け隔《へだ》てなく接していたな」

ん？　伝わった？　なんか偏見のないという、いい意味で捉《とら》えてない？

「いえ、アルベルト殿下。あの令嬢は我が国の王太子であるビンセント殿下やその側近の方達といかがわしい行為を……」

言葉の途中で、アルベルトにきつく睨《にら》まれた。

だが私は怯《ひる》まない。

それは事実であり、いずれ彼も私に感謝するはずだ。

「それは事実なのか？」

「はい、嘘偽《うそいつわ》りのない事実です」

すると、アルベルト殿下は黙ってしまう。

良かった。あの女に騙《だま》されるのを未然に防げた。

あの女に関わると皆が不幸になる。

私は小説を読んだから知っているが、それをどう説明するべきか、分からないのが困る。

私は前世でこの国の話を読みました～なんて言っても、誰も信じてくれないだろう。

ソフィアのように頭がおかしいと思われる。

だけど、実際はそうなのよ。

信じてもらうのは難しい。

これは特別な力を与えられた人間の宿命なのだと、私は自分の責任感の強さを自慢に思った。


【アルベルト】

ステファニー・グロッサム嬢と別れ、客室に戻ると、先程の令嬢が持っていた花が飾られていた。

とても落ち着く色合いの花がベッド脇やローテーブルなどに置かれている。

あの令嬢は誰なのだろう？　案内をしてくれたグロッサム嬢とは不仲なようだな。

「キャンベル」

「はい」

「この部屋の花を飾った令嬢を調べてくれ」

「畏《かしこ》まりました」

私は連れてきた従者に調べさせる。

出会ったばかりの隣国の令嬢が気になるとは……

だが、あんなふうな気楽な会話をしたのは初めてだ。

彼女は名乗らなかった。

本当に私が誰だか分からなかったのか？　本当に明日来ると伝えられていたのか？

気になる。

暫《しばら》くして、従者が戻ってきた。

そんなに時間は掛かっていない。

「アルベルト殿下、先程の令嬢ですが……」

「何だ？」

「ビンセント殿下の婚約者でした」

「……ビンセントの婚約者？」

「はい」

「なら私を案内したのは？」

「前婚約者のステファニー・グロッサム嬢です」

「花を飾った令嬢は？」

「現在の婚約者、ソフィア・グレゴリー嬢です」

「そういうことか」

「どうかなさいましたか？」

「いや、二人の令嬢の関係だ」

「ビンセントは、何故《なぜ》あの令嬢との婚約をやめたんだ？」

「幼い頃より相性がとても良くなかったと……」

「ほう」

「そのせいで卒業パーティーで婚約破棄を宣言したとか」

「卒業パーティーでか？」

「はい」

グロッサム嬢はあの令嬢に恨みがあったということか。

不仲とはいえ婚約者を奪われ卒業パーティーで恥をかかされれば、あのような発言も致し方ない。

「ビンセント殿下の婚約者だったのか……」

「はい、そしてあの令嬢達には両極端な噂がありました」

「令嬢達に……か？」

「はい、ソフィア・グレゴリー嬢にもステファニー・グロッサム嬢にもです」

「なんだ、話してみろ」

「ソフィア・グレゴリー嬢は子爵令嬢で、ビンセント殿下との出会いは学園で、です。当時、ビンセント殿下にはグロッサム嬢という婚約者がおりました。にもかかわらずグレゴリー嬢はビンセント殿下に親しく接近し、側近達にもはしたない振る舞いをしたとか。ですが、王宮に通われてからは一切そのような行動はせず、王妃教育にも真面目に取り組み、騎士や使用人からの信頼も厚いそうです。最近、ビンセント殿下が労働者に関する法案を作成したのですが、その切っ掛けを与えたのがグレゴリー嬢だとか」

「あの労働者の法案は良かったよな。良い着眼点を持っている。我が国でも検討中だったか」

「はい。その後もグレゴリー嬢が提案したケーキ大会が開催され、国全体で盛り上がったと聞いております。専門家によれば長年続けることで更なる利益が出ると」

「へぇ、そんな面白いことを思い付く子なんだね」

「グレゴリー令嬢に関してはそのくらいかと」

「そう。で、もう一人は？」

「ステファニー・グロッサム令嬢は八歳でビンセント殿下の婚約者となり、当時から優秀で、何の問題もない子供だったとか。王妃も大層気に入っていたと。学園での評判も良好、他貴族からも信頼が厚いそうです。ですがそれと反比例して、ビンセント殿下の評判は悪く、王宮の人間や貴族からもあまりよく思われていなかったとか」

「そうなのか？　そんなふうには全く感じなかったが」

「はい、それをグレゴリー嬢が解決したのですが……その悪評の元となる良からぬ噂を流したのが、グロッサム嬢だそうです」

「あぁ」

「何か心当たりでも？」

「先程な、グレゴリー嬢には気を付けろと言われた。何でもビンセント殿下の側近達ともいかがわしい行為をしていたと」

「……そうですか」

「どちらが正しいのかなぁ。どちらも正しかったりしてね」

私はにんまりと口角を上げた。

なんだ、結構面白いじゃないか。

いいなぁ、ビンセントの周囲にはこんな面白い人間がいて。


【ステファニー】

アルベルトを案内した後、私は用意された王宮の一室に一泊した。

勿論《もちろん》、王妃様のお願いで仕方なく。

この部屋はいずれ私が住むにしては質素だけど、アルベルトが特別室を使っているので致し方ないわ。

次期王妃と隣国の王子のどちらを優先すべきかは、愚かなアバズ令嬢でなければ分かること。

私は連れてきた侍女を使い、婚約復帰話が流れるようにする。より多くの貴族達に伝わるようにも指示した。

アバズ令嬢が隣国の王子にも手を出そうとしていたのを私——ステファニー・グロッサム侯爵令嬢が窘《たしな》めたことも拡げるようにと。そうすれば、隣国の王子も救ったと評価が高まるはず。

あぁ、楽しみだわ。皆が私を尊敬の眼差《まなざ》しで見るでしょうね。

貴族も王族も私を手放せないでしょう。

アルベルトも私を手に入れるために動き出すかもしれないわ。

傾国の美女とはきっと私のことなのね。

あぁ、困るわぁ。

ビンセント様とは幼い頃から親しくしているせいか、彼は弟のようで可愛くて仕方がない。

小さな男の子に興奮する変態ではないけれど、小さい頃の思い出としてキスくらいしておいても良かったかも。フフ。

男の子から大人の男性に変わるのを、今か今かと待ち望んでいたのよ、私。

長年の想いが発散される時の愛情表現は、堪《たま》らなく燃え上がるはず。早く私を貪《むさぼ》るように求めたら良いのに。

少し清廉潔白《せいれんけっぱく》を演じすぎたかしら。

だが、隣国のちょっぴり腹黒そうなアルベルトが現れた。彼もまた、いずれ私を欲するに違いない。

ヒロインとはそういうもの。

腹黒な人の愛情表現は、きっと極限まで追い詰め愛するものなんだろうな。

二人のセックスを味わいたい。

でも、私はあのアバズ令嬢とは違うから、どちらかを選ばないと。

二人と結婚できたら良いのに。一人しか選べないなんて残酷だわ。

選ばれなかったほうが無理やり関係を迫ってくれないかしら？

秘密を抱えた二人なんて、興奮する。

やっぱりここはビンセント様と結婚し、アルベルトとは秘密の関係よね。

ビンセント様はまっすぐ、正面切ってアルベルトに立ち向かうでしょうから。

アルベルトなら私の立場を考えて表向きは独身を貫《つらぬ》き、裏で私を追い詰め、バレそうでバレない環境を作りあげるでしょう。

バレてもいいアルベルトにバレたくない私、誰にも私を取られたくないと必死なビンセント様。

なんて私は罪作りなの。これからの展開を考えると、ますます楽しみで仕方がない。

「――お嬢様、ドレスが届いております」

その時、侍女がドレスと共に部屋に入ってきた。

誰からかしら？　いつものように王妃様？

それとも思いを隠しきれないビンセント様？

まさか私を手にいれたいアルベルトかしら？

私は顔をニヤけさせないよう必死だ。

「どなたからかしら？」

さぁ教えて、誰からなのか。

「えっと、こちらは……」

侍女は差出人のカードを確認し、そこで動きを止めた。

どうしたのかしら？

「どうしたの？」

「いえっ、その……」

「カードを」

「あのっ」

「いいから」

「はい」

おずおずと渡されたカードには「愛するソフィアへ」と書かれている。

差出人はビンセント様だ。

どういうこと？

今はもうアバズ令嬢への思いは消え去り、私への思いで溢れている頃なのに……

ははぁん、これはあれね。アバズ令嬢が私を不安にさせるために贈ってきたのね。そんな愚かな作戦に心を乱される私ではないのよ。

お子ちゃまにしては考えたんだろうけど。どうせアバズ令嬢が王宮の誰かを誘惑して手配したんでしょう。あの子がどんなドレスを頼んだか、ついでに見ておこうかしらね。きっとギラギラの下品なドレスに違いないわ。

そうよ、建国記念パーティーでは同じ色のドレスにしましょうか。

気品のあるドレスというものを教えて差し上げるわ。

「ドレスを渡してちょうだい」

「あっ、こちらは」

「大丈夫よ、見るだけだから」

まったく、この侍女は。私が見せろと言ったら口答えせずに見せなさい。無駄な時間を取らせるな。

ひったくるようにドレスを奪い、箱を開ける。

「こっ、これは……」

ドレスは隣国の貴重な生地を使った、一目で高級だと分かるものだった。

今からでは同じ色のドレスにしたところで私が霞《かす》んで見えてしまう。

いくら私自身が高級とはいえ、見てくれに騙《だま》される貴族はたくさんいる。

どうにかしないと……

こうなったら同じドレスを作り、私が本物を身につけてアバズ令嬢には別の生地のドレスを贈りましょう。きっと彼女は気付かないわ。

そうと決まれば早くしなければ。

こちらのドレスは私用にサイズを直し、アバズ令嬢には新しいものを。それでも侯爵家のお抱え職人に作らせるんだから、アバズ令嬢にしてみれば最高級品よ。心優しい私に感謝してね。

「ねぇ、急いでデザイナーを呼んで。これと同じドレスを作ってほしいの。全く同じものは無理でも、色は同じにしてちょうだい？」

「こちらと同じものでしょうか？」

「えぇ、そうよ」

侍女は急いでデザイナーを呼び出した。


【グロッサム侯爵家お抱えデザイナー】

侯爵令嬢に呼ばれ、私は困惑していた。

王族の依頼で制作された貴重なドレスを、侯爵家お抱えのデザイナーとはいえ、私が作り変えるなんて。

明らかにステファニー様とは別の方のために作られたもの。きっとこれは、今話題の殿下の婚約者のために制作されたのだろう。

何故《なぜ》それをステファニー様が？

私はこの依頼を受けてしまって良かったのだろうか？

詳しく話を聞くと、似たようなドレスをもう一着作れということだ。それはソフィア様のサイズでと。

この案件に関わったら、私はどうなるんだ？

思わず、王宮の庭でベンチに座り込んでしまった。

どうしたものか……

婚約破棄がステファニー様をそんなにも追い詰めたのだろうか？　以前の彼女ならこんなことしなかったのに。

どうするのが正解か？

侯爵令嬢につくべきか、王太子の現婚約者の子爵令嬢につくべきか。

頭を抱える。

「――どうしたんです？」

そこに、声が降ってきた。

顔を上げると、とても美しい男性が目の前にいる。

貴族だというのはすぐに察することができたが、顔見知りではない。

声を掛けられているのに返事をするのを忘れ、私は相手の顔を見ていた。

「疲れているんですね。私にその理由を話してみませんか？」

「あっ、いえ、人に話すようなことでは……」

「私も時間が余ってしまっていて」

「いやっ、本当に……」

「ひょっとして、王太子の……婚約者のことですか？　実は私も困っているんですよね」

「…………はい、そうなんです。どうしたら良いのかぁ」

「話してみてはいかがです？」

「では、ちょっとだけ。私はデザイナーなのですが、別の方の作ったドレスと似たようなものを作れと頼まれまして。他人のドレスを横取りなんてできません」

「同じものを作るんですか？」

「はい」

「それを作ってどうするんですか？」

「本来のドレスの持ち主に私が作ったドレスを渡し、私の依頼人がその特別なドレスを……」

「特別？」

「生地が……隣国の最高級品なのです。あの布は簡単には手に入りません。万が一手に入っても、今からドレスをゼロから作っては間に合わない。既《すで》に完成されているドレスを作り変えるにも生地が違いすぎます。無理に作った似たようなドレスを着れば多くの者が見比べる。生地の違いは歴然なので、私のドレスを着た令嬢は偽物扱いされる……私はそんなドレスを作るためにデザイナーになったわけではない」

「そう……ですか。貴方は貴方が正しいと思うことをするべきですよ。もしやりたくないことをしてしまえば、それはきっと一度では終わらないでしょうしね」

美しい男性はそう言って立ち去った。

「……………」

正しいこと……

【王妃】

建国記念パーティーでは、ビンセントのパートナーはステファニーにさせます。

誰がなんと言おうと私がそうさせます。

ソフィアには悪いけれど、隣国の王子の案内をステファニーにするべく、私は彼女に日付をズラして教えました。

ごめんなさい。貴方にこれ以上功績を残させるわけにはいかないの。

その後で、報告が入りました。

ビンセントがソフィアにドレスを贈った？

あの子が自らの意思で女性に贈り物をするなんて……

十年もステファニーと婚約をしていながら今まで一度も贈り物なんてしなかったのに、あの令嬢には……

だけど仕方ありません。これが国のためであり、皆のためなのです。

「ビンセントが贈ったドレスをステファニーに渡すように」

「……畏《かしこ》まりました」

私は侍女に命じました。

これで良いのよ。これで。

「ビンセントを呼んでちょうだい」

「はい」

別の侍女に指示を出して程《ほど》なく、ビンセントが現れました。

「用は何でしょうか？」

息子は即座に本題へ促《うなが》します。私と会話する気はないのでしょう。

どうしてここまで嫌われてしまったのか、私には分かりません。

私は息子を大事に思っておりますのに。

「ビンセント、建国記念パーティーではステファニーをパートナーにしなさい」

「なっ、お断りいたします」

私の意見を伝えると、ビンセントの視線が一気に鋭いものになりました。

こんな目で見られるのは初めてです。

「ビンセント、いい加減にしなさい」

「母上、そんなにもソフィアを認められないのですか？　それともグロッサム嬢がそれほどお気に入りですか？」

「子爵令嬢は問題ないわ。子爵令嬢としてなら」

「ソフィアです、ソフィア・グレゴリー」

「ビンセント。貴方は幼い頃からずっと傍《そば》にいたステファニーより、子爵令嬢のほうが良いと言うのですか？」

「はい」

「どうしてそこまであの令嬢が良いの？　どうしてステファニーではダメなの？」

確かにソフィアは王妃に相応《ふさわ》しい、それは認めます。

だけどステファニーは？

あの子の何がそんなに気に入らないのでしょう？

「ソフィアはちゃんと話を聞いてくれます、褒めてくれます、傍《そば》に寄りそってくれます」

「その程度、ステファニーにもできるでしょ」

「十年も婚約者でしたが、その程度すら一度もありませんでした。それどころか会話をまともにした記憶すらありません」

「それは貴方がステファニーとのお茶会に行かないからでしょっ」

「お茶会をしたところで、会話がまともにできたことなどありません」

「今後、努力すれば……」

「十年間努力しましたが無駄でした、今後も同じかと」

「意識を変えれば改善できるわ」

「無駄です」

「……やってみなきゃ分からないでしょう。最後だと思って、ステファニーとの時間を取りなさい」

「お断りいたします。今後の時間は全てソフィアのために使います。建国記念パーティーもソフィアと出席します。では失礼いたします」

バタン。扉の閉まる音が部屋に響きます。

もう、何をしてもダメなのかもしれないと、私は溜め息を吐《つ》きました。

……ビンセントはステファニーをグロッサム嬢と呼ぶのね。十年も一緒にいてグロッサム嬢とは……

ソフィアがあんなにお膳立てをしてくれたのに、私は……

思えば、あんなにはっきりとビンセントの意思を聞いたのは初めてでした。

きっぱり断られて、私はどこか安堵《あんど》してもいます。

ステファニー……ごめんなさい。

……ドレス。きっといつものように私から届くと思っているはず。

あのドレスは回収して、ステファニーには別のものを贈ることにしました。


【ステファニー】


何でよ。

全てがずれはじめていた。

前回、王妃様に呼ばれたことで、完全に婚約者復帰の流れではなかったのだろうか。

なのに、建国記念パーティーでの王太子のパートナーはあの女ですって？

どういうこと？

加えて、ドレスは注文と全く違うものが送られてきた。こんな単純な失敗をするなんて、今後、あのデザイナーは使えない。

どいつもこいつも役に立たないわ。

だが、あのドレスを贈ったのが本当にビンセント様だったとかで、勘違いさせてしまった詫《わ》びにと別のドレスも届いた。

そんなはずないのに。

焦《あせ》った私は、王宮が今どうなっているのか使用人に、調べさせた。

すると、あの女が王宮で着実に受け入れられ、殿下も変わり始めていると報告される。

それだけじゃない。

私が王妃にドレスや宝石を強請《ねだ》ったとか、王妃を洗脳したとか、デタラメな噂が広まっている。

あり得ないでしょ。

なんなのよ。犯人はあの女しかいないわっ。

これはきっとあの女も転生者ね。

前世でよく読んだ小説の中のライバル女より最低。

なんで転生者の片方って、こうも性格悪い奴が来るのかしら。

彼女を甘く見ていたのかもしれない。学園にいた頃のあの女は、小説の中のままだったから油断したわ。今からでも何か作戦を立てないと。

急がなければ、次のパーティーであの女が婚約者だと正式に決定する可能性がある。

それだけは避けなければならない。

今から逆転できる何かが欲しい。

パーティー当日、事件が起これば良いだろうか？

殿下と結婚ができなくなるような事件。

襲われるとか？

逢い引き？

両方ね。

きっとこういう世界だもの、変な薬とかがあるはず。それが手に入ったら……

でも媚薬を探してますなんて清廉潔白《せいれんけっぱく》な私が言ったら、皆、驚いちゃうわよね。

私一人で探し出さなきゃ。

何処《どこ》に行けば良いのかしら？

ギルド？　裏の世界？　闇市？

まぁそんなとこよね。

調べなきゃ。

間に合うかしら。

これはきっと、私が幸せになるために、神が与えた乗り越えるべき試練なのだから。


運良く、私はすぐに闇市という存在を知った。

王宮の噂を調べてくれた使用人の一人が、あまりにもソフィアが受け入れられていることに疑問を持ち「闇市で手に入れた変な薬でも飲ませたんじゃ？」と発したのだ。

まさか先を越されているとは考えたくない。

私は何気ない振りで「闇市？」と聞く。使用人は少々躊躇《ためら》いがちにその存在を教えてくれた。

彼女の情報により、闇市が何処《どこ》にあり、何を取り扱っているのかも把握できる。

私は「怖いところなのね」と話を終わらせ、興味がないように振る舞った。

さて、あとはそこまでどう行くかだ。

あまり人に見られたくないのよね。けれど一人では出かけられないから、付き添いを見付けなきゃ。

後ろめたい何かがある人が理想ではあるけれど、侯爵家にそんな人はいるはずない。

どうしよう。


――見つけた。

庭師のリチャード。

彼は買付のため、よく馬車で遠出する。親しい人が少なく、口も固い。

彼に便乗して外に出よう。

傷心中なので一人で外を見てみたいとか言えば、きっと協力してくれるはず。

そうと決まれば早速交渉しないと。

私は庭師のもとまで出向いた。

「リチャード」

「おや、これはお嬢様、何かご用ですか？」

「お願いがあるの」

「何でしょう？」

「今度の買付の時に、私も一緒に外につれていってくれない？」

「それは……」

「お願い、少し外に出たいの。殿下の婚約者だった私のことを誰も知らない何処《どこ》かに」

婚約破棄の件を出すと大抵の人は同情し、私に協力する。

「……分かりました」

ほらね。

「ありがとう、リチャード」

「明日の朝早くですが、大丈夫ですか？」

「勿論《もちろん》」

順調ね。

明日の朝……闇市って朝やってるのかしら？

まぁどうにかなるでしょう。

絶対にあの女を陥《おとしい》れることのできる薬を手に入れてやる。

「あ、でも……そうだお嬢様。これから近くの花屋に行きますが、どうします？」

「今から？　行くわ」

朝より夕方のほうがいかがわしい店は開いていそうよね。ラッキー。

やっぱり天は私の味方なのね。

「急いで用意してくるわ」

私は部屋に戻って質素な服に着替え、濃い色のローブを手に取る。そして、お金と宝石も持った。

これで十分なはず。
「リチャード」
周囲を気にしながらリチャードのもとに戻る。
「少しの時間ですからね」
「えぇ、ありがとう」
私は彼の手引きで、誰にも気づかれずに屋敷を出ることに成功した。
リチャードが花屋に行っている間、散歩すると言って離れる。
決して裏通りには行かないでくださいと忠告を受けたが、当然、行った。
闇市が開かれている場所まで早足に向かう。
すぐに辿《たど》り着《つ》いたが、欲しいものが何処《どこ》で売ってるかなんて全く分からない。
よくあるパターンは人通りのない路地だが、闇市なんてみんなそんなもんだと思う。
仕方なく、怪しい人物を探す。
怪しい人物、怪しい人物。
ダメだ。皆が皆、怪しく見えてくる。
その時、とても怪しい店を発見した。
きっとああいう店にあるはず。
私は恐る恐るその店のドアを開けた。
店内は薄暗く、色んなものが山積みになっている。

店の人間が見あたらない。

あの女をどうにかできるものがないか知りたいのに。

「何か探しているのか」

突然の男の声に、びくっと反応する。驚いたが、私の予想通りで嬉しくなった。

こういう人が必ず役に立つ情報を持っているはず。

「人を魅了できるものか、操れるものがないかしら、媚薬でも良いわ」

「おやおや、そんな物騒なものを探しているのか？」

薄暗くて顔はよく見えないが、怪しい男だ。

「えぇ、必要なの」

「ふーん。使う相手は恋人？　婚約者？」

「話さなきゃ売っていただけないのかしら？」

「いいや、ただの興味。魅了の道具も人を操るものも、うちは取り扱ってないよ。危険だし、なかなか手に入らないんだよ」

「媚薬は？」

「そっちはあるよぉ」

「それをちょうだい」

「高いよぉ」

「お金ならあるわ、足りなければこの宝石もあげる」

「……わぁ、お客さんお金持ちだね。なら、この宝石を頂こうかな？」

「構わないわ」

「こちらがお求めの媚薬。一滴で十分だけど、もし心配なら三滴まで。それ以上だと効果が切れるまでどのくらいかかるのか見当がつかなくなる、もしかしたら一生切れないかも……だから分量を間違えないでね」

「……そう」

「相手も人間ということを忘れないでね、お嬢さん」

「ええ、勿論《もちろん》」

小賢《こざか》しいアバズ令嬢のことを忘れたことなんて、一度もないわ。

あんな女に手加減なんていらない。

「本当に、好きな人に使うのならいいけど、憎い相手にはやめといたほうがいいよ」

男は私がやろうとしていることを知っているような口振りで注意してくる。

けど、私がしようとしているのは正しいことよ。皆のためなんだから。

私は頷《うなず》いて、男から媚薬を受け取った。

「毎度あり」

店を出て時間を確かめると、待ち合わせまでまだ時間がある。

安心して、周囲を確認する余裕が生まれた。

改めて見ると衛生面も良くない。薄汚い汚れた人間ばかり。匂いもキツい。

そこで、ふと思いつく。

そうよ、媚薬を飲ませて終わりなんて生易《なまやさ》しいわ。

あの女に相応《ふさわ》しい相手は私が選んであげる。

この辺にはとても素晴らしい男がたくさんいるわ。あの女には取って置きの男性を贈らなければ。

素敵な男性ばかりで迷うわね。

あの子はちょっと若い。あちらは背が高くて身なりを綺麗にしたら整った容姿になりそう。

あっちは雄《おす》らしさがあって、ご婦人に人気な感じ。

んー、なかなかいいのが見つからないわ。

……おや、見付けちゃったんじゃないの、私。

見た目も匂いも完璧。彼に決ーめたっ。

私は一人の男に目をつけ、彼に近づく。

「ねぇ、そこの貴方、私に雇われない？」

声を掛けると、男は私を見つめた。

この下品な男は舌なめずりをする。

「貴方にお似合いの女性がいるの、その方の相手をしてほしいのだけど。お金もちゃんと支払うわ。どう？」

「あぁ？　先に金寄越しな」

この男なら。金を持ってとんずらもあり得るわね。

「ここではダメ。貴方、ついてきなさい」

どうするか不安だったが、男はおとなしくついてきた。

先程の店に戻る。

薄暗い店内の奥に、例の男がいた。

「おやっ？　まだ何か探し物かい？」

「えぇ、貴方はものを送ることはしてくれるのかしら？」

「贈り物ですか？　まぁ、伝手《つて》はありますよ」

「この男を王宮の建国記念パーティーの王族専用控え室に送り届けてほしいの」

「おやおや。それは些《いささ》か穏やかではありませんね。よろしいんですか？」

「構わないわ」

「そうですか、では承《うけたまわ》ります。但《ただ》し、こちらの依頼書に記入してください。名前は結構ですが、日時を。間違えてはいけませんので」

「……」

「ここには様々な依頼がありますんでね」

「……分かったわ」

少し不安もあったが、この世界に筆跡鑑定があるとは思えないし、名前さえ書かなければ問題ないだろうと記入する。

お金は店の男の言い値を払った。勿論《もちろん》、贈り物の男にも。

これで完璧ね。

あらイケナイ。

リチャードとの約束の時間に遅れてしまうわ。

「それでは当日」

私は急いで店を出て、リチャードのもとに向かう。

なんとか間に合い、リチャードに不審がられることはなかった。


今日は、この国で重要な建国記念パーティーが行われる。

当然ながら、全ての貴族が参加だ。

パーティーが始まって暫《しばら》く、王族に認められ、優雅に登場するアバズ令嬢。

そのドレスは私が着るはずだった。

本気でそのドレスが似合っていると思っているの？　あんたみたいなアバズレにそんな高級なドレス、似合うわけないでしょ。

本当なら私が殿下の隣に立つはずだったのに。

少なくとも小説ではそうだった。

建国記念日には既《すで》に、ソフィアは婚約者の座を追われ秘密裏に娼館に売られているはずだ。

それがなんで堂々と殿下の隣にいるのよ。

なんで皆、受け入れてるのよ。

王はどうして笑ってられるのよ。

王妃もこっちを見なさいよ。その女は下品な行動で王太子を奪ったのよ。

知らないわけないわよね？

冷静に見ると、多くの貴族があの女を受け入れている雰囲気が漂《ただよ》っている。

こんなことになっていたなんて、浮かれすぎていて気付かなかった。

隣国の王子のおもてなしを任されたから大丈夫だと油断していた。

だけど、それも今日で終わりよ。

貴方には貴方に相応《ふさわ》しい男がいる。

ふふ、楽しみね。

後は、この媚薬をあの女に飲ませる人間が必要。

あの子にしよう。

使用人の中で、今でも私に尻尾《しっぽ》を振っている子。

可愛い子。私が王妃になったら、貴方を私専属にしてあげるわ。そう遠くない未来だから待っていてね。

「ねぇ、あなた。ちょっと良いかしら？」

「はい」

話し掛けたのが私だと分かると、彼女はとても嬉しそうな顔をした。

やっぱり私の睨《にら》んだ通り、この子にして正解ね。

「ここでは話せないことがあるの、控え室まで良いかしら？」

「はい」

ついてくる彼女は従順だ。この子ならやってくれるだろう。

けれど、控え室に着いた途端、ぐずぐずした態度になる。

「あの、ステファニー様、こちらは王族の方専用の控え室になります」

「えぇ、私は大丈夫よ」

「……はい」

私はもうすぐ王太子の婚約者に戻るんだから、王族専用の控え室を使うのは当然よ。

「貴方にお願いがあるの」

「何でしょう？」

「例の子爵令嬢の口にするものに、この液体を入れてちょうだい」

「えっ」

「お願い、貴方にしか頼めないの」

私は小瓶を彼女の手に握らせた。

「ダメかしら？」

彼女の手の中に確《しっか》りそれがあるのを確認する。

彼女は返す素振りも拒否の言葉を発することもなかった。

それに、微《かす》かに頷《うなず》いたように見える。

やってくれるということだろう。
今は混乱しているだけね。
そして私は、何食わぬ顔でパーティーに戻った。

5

【グロッサム侯爵】

建国記念パーティーの途中、私は王宮の騎士に呼ばれた。

何事かと急いで向かうと、ステファニーが王族控え室であらぬ姿を晒《さら》している。見たこともない男と共に。

ついてきた騎士によると、娘は王族控え室に勝手に入り、あの男と関係に及んだそうだ。

騎士の言葉は全く理解できなかったが、今、現在進行形で二人は王族控え室を占拠している。

どうにかしなければ。

すぐにでも二人を引《ひ》き剥《は》がそう。

このような場に突撃するのは不快でしかないが、今はそんなことを言っている場合ではない。

バタン。

大きな音を立てて、部屋の中に入ってはみたものの、ステファニーは喘《あえ》ぎ声《ごえ》を上げ続け、こちらには全く気付かない。

なんとふしだらな。

これは本当にステファニーなのか？

信じられないが確認は後だ。

男のほうは私と目が合うなり冷静さを取り戻した。

なのに、ステファニーはまだ私に気付かない。

「離れろ」

大きな声を出しても娘は男から離れなかった。それを無理やり剥《は》がし、カーテンでステファニーを覆《おお》い隠《かく》す。

「貴様も来い、逃げたら斬る」

男は素直に私に従った。

私はステファニーの顔を隠し、パーティーに参加している者に気付かれないよう、急いで男と一緒に馬車に押し込んだ。

その間も、ふしだらな女はモゾモゾと蠢《うごめ》いている。カーテンの中で何をしているかなんて知りたくもない。

私は屋敷に馬車を急がせた。

その間に目の前の男から事情を聞く。

彼はある女に、王族専用控え室にいる女の相手をしろと、金を貰って雇われたと話した。

きっとステファニーは騙《だま》されたか、人違いにあったに違いない。

そして、この異常な行動は何らかの薬を盛られたせいだろう。

娘がそんな被害を受けるなんて。許せん。

その依頼をしたという人間を突き止めなければ。グロッサム家の名に懸けて、見つけ出してやる。

男は闇市の店についても話した。

その確認が取れるまで、私は男を屋敷に滞在させることにする。

湯浴みの準備をさせ使用人に頼むものの、ステファニーは使用人にも強請《ねだ》り始めた。

やはり、薬を盛られているようだ。

男は勿論《もちろん》、女の使用人も近付けるのを躊躇《ためら》ってしまうが、薬が抜けるまでの辛抱だと自身に言い聞かせた。

娘の痴態《ちたい》を目撃した者には王宮で薬を盛られたと話す。

皆、同情して口をつぐんだ。

普段のあの子の態度を知っていれば、被害者なのは明らかだ。

犯人について、うちの使用人は口々に例の子爵令嬢の名を出す。

「王太子を奪っただけではまだ不満で、お嬢様を陥《おとし》れようとしたに違いない」

やはりあの子爵令嬢か。

それなら、王族専用控え室で事件が起きたのも納得できる。

あの女、どこまでステファニーを傷つけるつもりだ。

許せん許せん許せん許せん許せん。

私はこの事件の徹底調査に乗り出した。

【裏切られた使用人】


私はグロッサム侯爵令嬢を慕っていた。

だから、王太子殿下があのグレゴリー子爵令嬢に取られたのは気に食わなかったが、人には相性というものがある。

誰が見ても、殿下と子爵令嬢はとても仲が良い。

これは仕方がなかったと自分に言い聞かせていた。

殿下と侯爵令嬢は、私から見ても不仲だったし。

ただ何故《なぜ》、穏便に済ませればいいものを、わざわざ卒業パーティーで婚約解消をしたのか。

そんなことをすれば、殿下の立場も危《あや》ぶまれるのに。

侯爵令嬢には何の落ち度もなかったはず。

あるとしたら、殿下との距離を縮められなかっただけだ。

侯爵令嬢が何を考えていたのか、私は全く知らない。

殿下と婚約したかったのか、したくなかったのか。

結婚を望んでいるのか、いないのか。

婚約破棄になって嬉しいのか、そうでないのか。

王妃になりたかったのか、なりたくなかったのか。

全く。

淑女教育を完璧に身につけているからとはいえ、彼女は少しも感情を見せなかった。

殿下の前でもそうだったのだとすると、疑問に思う。

まあ一使用人が気にすることではないのだが。

一方、殿下が連れてきた子爵令嬢は噂とは全く違っていた。

確かに始めは、私でも分かるほど貴族としてのマナーを身につけていなかった。

このような令嬢なら、王妃教育を三日ももたずに逃げ出すだろうと思うほどに。

だが、私の予想と違って子爵令嬢は毎日王宮を訪れた、それも笑顔で。

加えて、子爵令嬢と関わることで、殿下が驚くほど変わった。

悪い噂の真実を突き止めた騎士団長が、噂の元凶を調べあげて侍女長に話していたのも聞いてしまった。

過去に殿下に暴言を吐いた騎士が自分の立場を守るためにあの悪評を流したのだという。

それでも殿下はその騎士を咎《とが》めなかった。それどころか、私達に悪い噂が広まっても一人で耐え続けていたらしい。

王宮の人間達が一切気付かなかったことに、あの子爵令嬢はすぐ気が付いた。

そして、様々なことを改善していく。

彼女のお陰で今の王宮はとても働きやすい雰囲気になった。

誰もが子爵令嬢に感謝した。

そして侯爵令嬢を忘れようとしていた。

あんなに長く王宮に通っていたのに……

他の使用人も騎士団も侯爵令嬢に一切触れない。

それでも私は忘れない。

そんなある日。侯爵令嬢が隣国の王子を案内していると聞いた。

やはり、そのような際は侯爵令嬢が選ばれるのだと、自分のことのように嬉しくなる。

そして令嬢が隣国の王子のために花を飾るらしいと使用人達が話しているのを聞いた。

私は花瓶に美しく花が飾られているのを見つける。

これは王子のためにグロッサム令嬢が用意したもののはず。それが何故《なぜ》、ここにあるのだろうか？

王子の部屋に飾らないといけないんじゃ？

もしかして部屋に飾ってあったのを持ってきたの？

イヤガラセ？

あの子爵令嬢が良いからって、グロッサム侯爵令嬢にイヤガラセしなくても良いじゃない。

犯人を見つけて怒鳴ってやりたいが、王子の部屋に部屋を飾るほうが先だ。私は急いだ。

今、侯爵令嬢は王子を案内しているので、時間がない。

なら、私がしないと。

王子のために花を飾るなんて本当に彼女は心優しい。

完璧すぎて優しさが分かりづらいが、人のために動ける人だ。

私だけは侯爵令嬢を理解している。

……そんなふうに慕っていたのに。

私だけは貴方を信じていたのに。

侯爵令嬢は私にあるお願いをした。

「例の子爵令嬢の口にするものに、この液体を入れてちょうだい」

それだけで、彼女が私に手を汚させようとしているのが分かった。

優秀で聡明で非の打ちどころのない令嬢と呼ばれていたのに、そんなことをさせるなんて……裏切られた気持ちで一杯だ。

私にも聞こえていた。

侯爵令嬢の裏の顔の噂。

私は信じなかった。

信じたくなかったのに。

やっぱり噂は正しかったのだ。

殿下の悪評を流していたのは侯爵令嬢だったのだろう。

令嬢は私の手を取り、包み込むように小瓶を握らせる。

私は何も言えず、俯《うつむ》いた。

侯爵令嬢は小瓶を突き返さない私に納得し、パーティーに戻る。

何事もなかったように、いつもの優雅な微笑《ほほえ》みを浮かべて。

私はどうするべきか悩んだ。

あの子爵令嬢のことは嫌いではない。

王妃教育を真面目に受けていることは、日々の変化から分かる。

王太子殿下の婚約者となったのだから、国のお金を湯水の如《ごと》く使いまくるのかと思っていたのに、ドレスも宝石も頼んだのは一つだけ。それも慎《つつ》ましやかなもので、婚約者に割り当てられた予算の大半は手つかずだとも聞いている。

そして子爵令嬢が発案したケーキの大会は、とても面白いものだった。

王都にいて様々な土地のケーキが食べられるというのは画期的で、私も休みの日に勝者の店に通っている。

店は常に満席でかなり並ぶが、その価値はあった。

子爵令嬢が次は何をするのか楽しみだ。

それでも私は、子爵令嬢より侯爵令嬢を選んでいたのに。

彼女はお願いだと言っていたが、相手は侯爵令嬢、一使用人の私が拒否できないのは知っているはず。

貴方はこんなにも狡《ずる》い人だったんですね。

私はそんなことはしない。

そのまま、部屋を出た。

扉の横に、騎士団長がいる。

「何故《なぜ》、泣いている？」

その言葉で、私は自分が泣いていることを知った。

何も語らず、頭を横に振る。

「どうするつもりだ？」

団長は侯爵令嬢との会話を聞いていたらしい。私を疑っているのだろう。

「……入れるわけないじゃないですか」

入れるはずがない。

だって、私はグレゴリー子爵令嬢のことも好きだから。

「なら、それは私が預かる」

差し出された団長の手に、私は震えながら小瓶を置いた。

その小瓶を団長がどうするかは聞かない。

「パーティー会場から離れていろ」

彼の言葉に頷《うなず》き、私はその場を離れた。

侯爵令嬢に会わないよう、会場とは正反対の廊下を掃除する。

私から落ちた涙を受け止める床の掃除をし続けた。

それはパーティーが終わっても続けた。

【騎士団長】

私はパーティー内の警備に当たっていた。
あの日から、私は「二度と間違わない」と自分に言い聞かせている。
グロッサム侯爵令嬢が王宮に現れる時は、常に近くで監視する。
あの女を信じるわけにはいかない。
前団長の言葉通り、あの女は自らの意思で殿下を陥《おとしい》れたに違いない。
そして自分の立場を磐石《ばんじゃく》なものにするべく、上手に立ち回っていた。
あの女の行動は全て計算されたものだと、疑ってかかったほうが良い。
あの女から目を離すなと騎士達にも指示を出す。
そして、建国記念日の今日。やはりあの女は動いた。
数人の騎士と共に後を追う。
あの女はパーティーを抜けて一人の使用人を捕まえ、王族の控え室に入った。
当然のように王族控え室に入るとは、今までおしとやかな演技をしていたに違いない。
騙《だま》されていたんだと思うと怒りが込み上げてくる。握った拳が震えた。
私は扉を少し開け、あの女と使用人の話を盗み聞く。

どうやら、子爵令嬢の食べ物か飲み物に、何かを混ぜろと言っているらしい。

こんなことを考える女だったとは。

私は部下に、子爵令嬢には今後、飲み物や食べ物を口にさせないことと、侯爵令嬢の動きを王太子殿下に伝えるように指示する。そして、侯爵令嬢が出てくる前にその場を離れた。

あの女が部屋から出て会場に向かうのを確認して、使用人が残る部屋に戻る。

部屋の扉が開いた。

現れた使用人は涙を流している。

「何故《なぜ》、泣いている？」

使用人は何も言わず、頭を横に振るだけだ。

侯爵令嬢に頼まれたことに恐怖しているのだろうか。けれど――

「どうするつもりだ？」

私の言葉に、彼女はほんの僅《わず》かに笑ったように見えた。

「……入れるわけないじゃないですか」

彼女の言葉は本当だろう。

「なら、それは私が預かる」

手を差し出すと、震える手で小瓶を渡される。

貴族、ましてや侯爵家の娘の言葉を、一介の使用人が拒絶できるわけがないのを良いことに、あの女はお願いをした。

弱い立場を利用した、なんとも卑劣なやり方だ。

「パーティー会場から離れていろ」

あの女が再び子爵令嬢を害せと指示すれば、今度こそこの使用人は拒否できないだろう。

私は急いで医師のもとを訪れ、この小瓶の中身を調べさせた。

その結果、強力な媚薬だと分かる。

そんなものを飲ませたらどうなるか、説明など要《い》らない。

一瞬で頭に血が昇る。

私はこのことを国王と王妃に伝えた。

王は私と同じように怒りを見せたが、王妃は眉間にシワを寄せ悲しみの表情を見せた。

あの女を最後まで信じていたのだ。

それを裏切ったのはあの女だった。

そして、事件は未遂に終わる予定だった。

「――侯爵令嬢の飲み物に入れろ」

王の言葉に王妃が顔を青ざめさせる。

「そっ、そこまで……」

「……妃には伝えていなかったが、長年ビンセントの悪評を流していたのは、あの侯爵令嬢だ」

「なっ……」

その言葉に、王妃は言葉を失った。

実の娘のように信じていた令嬢に裏切られたのだ、当然だろう。

国のために身を粉にしている王妃の心の支えが、息子とあの女の結婚であることは薄々感じていた。

だから、私達は王妃に真実を伝えるのを躊躇《ためら》っていたのだ。

それがこんな形で伝わるとは……

「騎士の一人に金を渡して悪評を流したり、使用人に嘘を吐《つ》いてビンセントが孤立するように企《たくら》んでいた」

聞かされた事実に王妃は体調を悪くし、パーティーを抜ける。

私も王に頭を下げ、王族の控え室に戻った。

そして、侍女長を呼ぶ。

「王妃様からの話があると言って、あの女にここに来るように伝えろ」

侍女長は躊躇《ためら》うことなく頷《うなず》いた。

きっと、侯爵令嬢への思いは私と同じなのだろう。


あの女は疑うことなく控え室を訪れた。

王妃を待つ間にと、私は侍女長に紅茶を淹《い》れさせる。

勿論《もちろん》、あの女が用意した媚薬を一瓶入れた。

あの女が一口飲んだのを確認したら部屋を出るようにと、侍女長には指示している。

その後は、何もしていない。

していないが、王宮内にいるはずのない男が部屋に入っていった。

騎士達の目を掻《か》い潜《くぐ》り入り込んだなら、誰かの手引きがあったに違いない。

これもまた、あの女が用意した人間だろうと確信した。

中でどんなことが起きていようが、私には関係ない。

全てはあの女が計画したことだ。


【グロッサム侯爵】


呼び出しを受けて直ちに王宮へ向かった私は、信じられない事実を突きつけられた。

ステファニーがソフィア嬢に媚薬を盛ろうとしていたというのだ。

受け入れがたい内容に、私は「真実は私が突き止めます」と王族に宣言した。

けれど、調べれば調べるほど、全てはステファニーが計画したことを示す証拠が出てくる。

ステファニーはそんな子じゃない。

私は信じない。

信じない。

信じたくない。

……なのに、何故《なぜ》なんだ。

どうしてこんなことになっているんだ？

いくら調べてもステファニーが……

ステファニーは昔から優秀で、誰にでも優しくて、婚約を解消されても王太子殿下を責めなかった。

自分の至らなさが原因だと話していたのに。

実際は違った。

一人で闇市まで出向いていかがわしい薬を買い、それを殿下の新たな婚約者に飲ませる計画を立てられる狂気を持っていたのだ。

それだけじゃない。下賤《げせん》の者を買い、ソフィア嬢を襲うように依頼していた。

依頼書には名前はないが、字を見ればステファニーだと分かる。

言い逃れできない。

私は父でありながら、ステファニーのことを何一つ気付いてやれなかった。

これほど思い詰めていたなんて。

ステファニーが買った媚薬はとても強力なものだ。

それほどの憎しみをソフィアに……

効果が切れるのが何時《いつ》になるのかは不明だそうだ。効果が切れない可能性もあるとのこと。

その間、あの子は……

男を娼婦のように誘《さそ》う娘。

侯爵令嬢が自ら買った媚薬で男を誘《さそ》い続けているなんて噂は耐え難い。

そんな娘を傍《そば》に置くのも。

私はあの男に、媚薬が切れるまでは娘と一緒にいてくれと金を払った。

男は喜んで金と娘を受けとる。

私は二人を貴族街から離れた場所まで騎士に送らせた。

男には薬が切れるまで、娘を決して外には出すなと命じている。

ステファニーは既《すで》に王家に嫁《とつ》げる身体ではない。

これは、娘が選んだ結末だ。

そして、私はステファニーを溺愛《できあい》するあまり、何も気付いていなかったと知る。

娘の良い噂しか耳に入れていなかった。

まさか、王宮で王太子殿下の悪評を流していたのもステファニーだったなんて。

それを知っていたから、殿下はステファニーを避けていたのだ。

私は殿下が優秀なステファニーに気後れしている、もしくは嫉妬《しっと》しているとばかり思っていた。

ステファニーはどれだけ殿下を苦しめていたんだ？

周囲から悪評を突きつけられても、殿下は黙って耐え続けた。

その原因がステファニー……

もし、この事実が公表されていたら、我が家は没落するだけではなく、取り潰しになったに違いない。

それだけのことをしたのに、殿下は私達を責めなかった。

今も一言も……

我が家は王家にどう謝罪すれば良いんだ？

私達にできることなど、たかが知れている。

王家に忠誠を誓い、領地を返納し、財産も……そしてグレゴリー子爵令嬢を全力で支援……

それくらいしか思い浮かばない。

それで助かるのか？

処刑なのか？

…………あの子が媚薬を買うために使った宝石。

あれは、私があの子の誕生日に贈ったものだ。

それで媚薬を買ったんだな……

そう気が付いた私は、もう涙も出なかった。

◆　◆　◆

私が王太子の婚約者？

何故《なぜ》こうなったの？

——私には日本人としての前世の記憶がある。

人の旦那や恋人を奪う女は許せなかった。

どうしてそんなことができるのか理解できない。

それがどれだけ人を苦しめることなのか、アイツらは知らないのよ。

知らないからそんなことができる。

ソフィアの身体になってから、私はどうにかして婚約者達が元の関係に戻らないかと願った。

婚約者がいる男に色仕掛けで近づくなんて最低だ。

そんな女になるなんて耐えられない……そんな奴が幸せになるのは許せなかった。

ステファニー様と王太子殿下の関係を知れば知るほど、二人はすれ違っていただけなのではないかと思うようになる。そこにソフィアがスルッと入り込んだだけだ。

誤解さえ解ければ二人は元通りになる。子爵令嬢は潔《いさぎよ》く身を引くべきなのよ。

殿下にとってソフィアは逃げ道だったのかもしれないが、やはり人の恋人を奪う行為は許せない。

彼女の登場で殿下の評判が地に落ちたのなら、それを回復させるのは私がするべき。

ソフィアと関係ない私が何故《なぜ》この子の変わりに？　とは思うが、仕方ない。

そう思っていたのに、どういうこと？

ステファニー様はどうなったの？

唖然《あぜん》とする私に、国王陛下と王妃陛下から呼び出しがあった。そして、こんなことを聞かされる。

なんでもステファニー様には想い人がいらっしゃったとか。

二人は駆け落ちしたそうだ。

まさかの展開。ステファニー様に想い人がいるなんて想像もしていなかった。

なら、私がしていたことは、ステファニー様と想い人を別れさせて無理やり殿下とくっつけようとすること。

なんて酷《ひど》い勘違いをしていたの？

知らなかったとはいえ、ステファニー様を苦しめていたのは……私？

婚約破棄で苦しめたんじゃなく、婚約者復帰で苦しめていたの？

一緒にその報告を聞いた殿下も頷《うなず》いていた。

まさか、殿下も知っていたの？　だから二人は不仲な演技を？

それならそうと言ってくれたら良かったのに。

私は一人で空回っていたらしい。

殿下のことも決して好きにならないように自分に言い聞かせていた。

この感情は元のソフィアの記憶に引っ張られているだけだと。

全て……無駄だったの？

「ソフィア・グレゴリー、そなたとビンセントの婚約を認める」

今、何と？

ステファニー様のことで頭がいっぱいで、国王陛下の言葉を聞き逃したような気がする。

呆然と国王陛下を見つめると、笑顔で頷《うなず》かれた。

それでも理解できず、王妃陛下の顔も見る。やはり笑顔で頷《うなず》いた。

王妃が私に笑顔を？

少し寂しそうにも見える、儚《はかな》い雰囲気の笑みだ。

いいんですか王妃？　私はソフィア・グレゴリーであって、貴方の大好きなステファニー・グロッサムではありません。

ステファニー様は既《すで》に駆け落ちしたので連れ戻すことはできないけど、私は色仕掛けで殿下を誑《たぶら》かしたソフィア・グレゴリーなのだが。

戸惑っていると、突然隣から抱き締められた。

とてもいい香りのする男性だ。

「王も王妃も私達の関係を認めてくれた、ソフィア、よく頑張ったな」

イケメンの心地良い声が身体に響く。

何がなんだか分からなかったが、私はイケメン――ビンセント殿下の抱擁を受け入れてしまった。

その後も様々な説明を受ける。

婚約発表をした私は、厳格な家風の侯爵家の養女となるそうだ。

勿論《もちろん》グロッサム侯爵ではない。

そして、来年には殿下と結婚することも聞かされた。

状況が呑み込めないため、頭の中を整理する。国王陛下達の前から辞し、王宮の使用人に話し相手になってもらって報告がてら状況を把握しようとした。

けれど使用人は急に立ち上がり、祝福の言葉を述べた後、何処《どこ》かへ走り去ってしまう。

一人取り残された部屋で、私は再びこれまでのことを振り返る。

目覚めた時には、王太子殿下を誑《たぶら》かして婚約者と別れさせたソフィア・グレゴリー子爵令嬢になっていた。そして王妃教育が始まり、少しでも印象を良くしようと必死になりながら楽しく学ぶ。

その一方で、殿下を誑《たぶら》かした罪で何らかの罰を受けるのではないかと考え、私の道連れにしてはならないと殿下の好感度を上げることにした。

その際、昔に起きた事件のせいで殿下と騎士の蟠《わだかま》りがあることを知り、関係を改善させる。

その後はいろんなケーキが食べたくなり、私の独断でケーキ大会を開いてもらった。

パーティーでは質素な出で立ちで貴族を驚かせつつ、王妃教育で学んだことを存分に発揮してなんとかやり過ごす。

そしてソフィアと前の婚約者であるステファニー様を比較させて、どれだけステファニー様が素晴らしいかを改めて貴族達に分からせた。

が、当のステファニー様が駆け落ち？

寄りを戻す相手がいなくなった殿下は、そのまま色仕掛け女と結婚……

良いのか？　これで？

いくら考えても、私とビンセント殿下の結婚は祝福されないという結論になってしまう。

だが、私から結婚できませんなんて言えるはずもない。

どうするべきか悩んだものの答えが出ず、少し散歩することにした。

だが、すれ違う使用人達に「おめでとうございます」と祝福される。

これは本心なのか、それとも使用人という立場がそうさせているのか。どっちなのか分からないが、「ありがとう」と笑顔で返しつつ、怖くなった私はその場を離れた。

唯一本音を言ってくれるであろう人の顔を思い出し、そちらへ向かう。

そこではたくさんの人が、王家のために鍛練《たんれん》していた。

この人達ならばと突撃する。

「お嬢様」

彼はいつも元気に声を掛けてくれる。心が休まるわ。

「婚約おめでとうございます。来年結婚するんですね？　我々がお嬢様をしっかりお守りいたします」

……私まだ何も話してないのにどうして？

「警護は我々、騎士団にお任せください」

騎士団長様が更に言い募《つの》った。

「えっと、皆さんその噂は何処《どこ》で？」

「先程、使用人が走って我々のもとに報告を」

走り去った使用人の姿が頭によぎる。

「そ、そう」

「「「「おめでとうございます」」」」

その時、騎士達が一斉に祝福してくれた。

「えっ⁉」

「お嬢様には感謝しております。王太子殿下への誤解が解けたのも、真実を知ることができたのも、全てはお嬢様のお陰です」

「いえ、私は何も……」

「我々はお嬢様を一生お守りいたします」

「アハ……ハハハ、ありがとうございますぅ？」

私は乾いた笑いで誤魔化した。

受け入れられてるの？

私で良いの？

なんだかもう逃げられなくなってない？


【側近】


こんなにもソフィア嬢の立場が好転するとは、私は思わなかった。

彼女が王妃教育から逃げ出さないか、毎日が不安だったくらいだ。

貴族だけではなく、王宮の者にも「娼婦のような令嬢」と噂されていたので、助けようにも、私達が近づけば噂を肯定するようなもの。結局、誰も近づかないようにした。

だが、ある時から王宮の雰囲気が変わる。

まず王太子殿下への悪い噂が払拭《ふっしょく》され、使用人や騎士との関係も改善された。

噂だけを信じて、本来の殿下を知らない貴族達にも漸《ようや》く真実が伝わり始める。

そしてその存在を認識していなかった大臣からも、殿下は信頼され始めた。

殿下は婚約破棄して正解だったんだ。

ソフィア嬢を選んで正解だったんだ。

私達は間違っていなかった。

あの王妃様までお認めになっている。

最初は娼婦のようだと蔑《さげす》まれていた彼女は変わった。

子爵が別人を送り込んだのでは、と調査官に調べられるほどに。

実は私達、殿下の側近も、見た目がそっくりな別人だと思っていた。

「子爵はなんてことをしてくれたんだっ」

そんなふうに当時は苛立《いらだ》ちを隠せなかったが、調査官によればソフィア・グレゴリー本人だそうだ。

……本人？

あれが、私に近づいてきた女か？

少しだ、少し。殿下の目を盗んで戯《たわむ》れたことが数回あるだけだ。

口づけのみで、それ以上の行為などしていない。

あの令嬢が私に抱きついてきた時は、その……柔らかく離れがたかったけれど。

私は決して殿下を裏切る行為は……

していないはず。

……わ、私のことはいいんだ。

王宮の噂でも、二人の良い評判しか聞かなくなっている。

パーティーでの貴族の反応も上々。

確認するのは恐怖だったが、殿下の評価に繋がるので、今回のパーティーでソフィア嬢がどれだけ散財したかを私達は調べている。

結果、金額の桁《けた》を間違えたのかと何度も確認するほど、お金を使っていなかった。

お金に執着している女だと思っていたのに。

ソフィア嬢は本当にビンセント殿下を愛していたのか？

殿下の立場ではなく、殿下自身を。

私達はソフィア嬢の何を見ていたんだ？

殿下への想いは演技ではなかったのだ。

私達は末永くお二人に仕えさせていただくことを誓う。

でももう、抱きついてもらえないのかと思うと残念だ。

なので目の前でよろけたなら、私が確《しっか》りと抱きとめる。

いつでも準備はできていた。

【ステファニー】


気がつけば私は、薄汚れた小屋のような家で、赤ん坊の横で眠っていた。

ここは何処《どこ》？　何故《なぜ》私はこんな所にいるの？

それにどうしてこんなみすぼらしい服を着ているの？

赤ん坊は布にくるまって泣いている。

何がどうなっているのか分からなかった。

もしや、私は誘拐されたのだろうか？

確か、王宮のパーティーであの女が口にするものに媚薬を入れるように使用人にお願いしたはず。その後、パーティーに戻ると、侍女長に王妃様からの話があると王族の控え室に案内された。そして紅茶を頂きながら王妃を待っていたのに。

「ま、ま、まさか……間違えて私に媚薬がっ……嘘でしょ。あの女が間違えた？　でも、紅茶を淹《い》れたのは侍女長だった。あの女用の紅茶を侍女長が間違えたとか？　でも、態々《わざわざ》小瓶の中身は入れないはず……どうして？　嫌だこんなの。嘘だ」

何？　何？

まさか、この子は私が産んだの？

嘘よ違う。私の子じゃない。

この子の親は何処《どこ》？

男は？

嫌っ嫌っ相手の男って……まさかあの下品な男？

私は醜《みにく》く下品な男を用意し、あの女を襲うように依頼していた。

あの部屋で媚薬を飲んだ女を襲うように指示したのだ。

嫌だ、あんな男に、この私が？　侯爵令嬢の私がっ。

怖くて赤ん坊を抱く勇気がない。

「こんなの嘘よ、だって小説には書いてなかったもの。これはきっと夢よ夢……帰らなきゃ、侯爵家に帰らないと。お父様やお母様が私を心配しているはず。男に襲われたと言えば助けてくれる。早く早く現実に戻らないと。殿下と結婚できなくなっちゃう。国王陛下も王妃様も私を待っているんだから」

ここが何処《どこ》かなんて知らないのに、足が勝手に動いた。

走って走って、見知った風景に辿《たど》り着《つ》く。

もうすぐ侯爵家だと私には分かった。

お父様もお母様も私を心配しているはず。命からがら逃げてきたと知り、涙を流しながら私を抱き締めてくれるだろう。

たとえ王太子と結婚できなくても、まだ高位貴族との結婚は可能よ。

だって私は侯爵令嬢なんだもの。

誰もが羨《うらや》む侯爵令嬢。

見えた。

あの屋敷がグロッサム家の屋敷、私の家よ。

あの門番も覚えている。

良かった。これならすぐになかったことにできる。

だが、門を前にして止められる。

「誰だ、お前のような身分の者が近づくなっ」

なんて態度なのこの男は、この家の娘が分からないなんて。クビにするわよ。

「貴方、私が誰だか分からないの？」

「お前のような汚《けが》らわしい人間など知らん」

汚《けが》らわしいって言った？

私が微笑《ほほえ》むと顔を赤くしていたあんたが、今、私に汚《けが》らわしいって言ったの？

「私は侯爵令嬢のステファニー・グロッサムよ」

名前を言って漸《ようや》く気付くなんて、どんだけ記憶力が悪いのよ。使えない男ね。

男の顔色が変わる。やっと私が誰か理解したようだ。

男が他の騎士達に声を掛ける。声を掛けられた騎士は一度私を確認し、屋敷へ走っていった。

あんたが屋敷へ入るんじゃなくて私を屋敷に入れなさいよ。どいつもこいつも要領悪いわね。鍛え直しよ。

程なく、屋敷から身なりの良い人間が歩いてくる。

きっとお父様ね。

はぁ、やっと入れる。もう、早く身体を綺麗にしたい。頭も洗ってほしい。

私の綺麗な髪がこんなに傷《いた》むなんて。

しかもかなり短くなってる。

本当に最悪だわ。

パーティーを開いて早く私という存在を知らしめないと。きっと大変ね。私と結婚したいって男がわんさか屋敷へ来るわ。

私と釣り合う人っているのかしら？

もしかしたら、ビンセント殿下も来ちゃうかもしれないわね。

私は優しいから殿下とも会ってあげるわ。望んでないけど、どうしてもって言うなら王妃になることも考えてあげる。

やっと本来の私らしい生活ができる。

柵越しにお父様が現れた。

お父様ったら、感動して声も出ないのね。愛する娘が帰ってきたのだから仕様がないわ。

私は自ら声を掛けた。

「お父様」

「お父様と呼ぶなっ」

え？　何？　どうしたの？

「どうしたんです？」

「どうしただと……お前のせいで我が家がどんな目にあったのか、分からんのか？」

「どんな？」

「お前が次期王妃様を襲おうとしたことは、王家から伝わっている」

「……ち、ちがっ」

お父様、次期王妃って誰のこと？　まさかあの女？　何故《なぜ》、あの女を次期王妃なんて呼ぶの？

次期王妃は私よ。

「お前は謀反《むほん》を起こそうとしたんだぞ」

「むほ……ち、ちが、わた、わたしは」

謀反《むほん》て何？　王家に逆らって反乱を起こすってヤツ？

そんなことしてない。

「お前の言葉など聞きたくない。お前は私の娘ではない。貴族籍も抜いた。次期王妃様が無事だったお陰で一家全員の処刑だけは許していただいたが、お前の存在はもう我が家に不要だ。お前の選んだあの下賤《げせん》と何処《どこ》へでも行って、二度と帰ってくるな。私の前に姿を現すことを禁止する、当然王太子殿下や次期王妃様の前にもだ……」

何が起きてるの？

何も理解できない。

「この女を決して敷地に入れるな。入った場合は力ずくでも叩き出せ」

お父様が門番と騎士に指示を出す。

私のことは「この女」と言った。

叩き出せって、どうしてそんな酷《ひど》いことを言えるの？

「お、おとっさまっ、おとうさまっ、お父様っ！」

私は門にすがり付いて叫んだ。

聞こえているはずなのに、お父様は振り向いてもくれない。

「あの方をお父様なんて呼ぶなっ！」

門番が私を睨《にら》み付《つ》けながら言い放った。私は侯爵令嬢なのに。

「次期王妃様に媚薬を盛り、怪しげな男を王宮に手引きして襲わせようとしたことは聞いている。それだけじゃない、長年に亘《わた》り、王宮で王太子殿下の不評を流して陥《おとし》れようとしたことも。これ以上、侯爵家……あの方の名を汚すな。さっさと立ち去れ」

「不評？　陥《おとし》れる？　私、そんなことしてません。誰かが私を嵌《は》めたのよ。そうよ、あの女よ。子爵令嬢のくせに殿下に取り入ったあの女が、私を罠に嵌《は》めたのよ。信じて」

「ソフィア様を陥《おとし》れようとしたのはお前だろうが。全て証拠がある。王宮の騎士達が調べあげたんだ。幼い頃から殿下の嘘偽《うそいつわ》りを語り続けていたことも聞いている。これ以上嘘を吐《つ》くと、あんたは刑罰を受けることになるぞ。それが嫌なら速《すみ》やかに立ち去れ。二度とここへは来るな」

なんのこと？　不評って何よ？
私、ずっと騎士達に優しくしてきたじゃない？
使用人達にも。だから、そんな遠くから見てないで助けなさいよ？
なんで刑罰なんて受けなきゃいけないのよ。
私はこれからどうなるの？　どうやって生活していくの？
ねぇ、何でこうなっちゃったの？
私は上手《うま》くやってきた。小説より完璧な令嬢をしていたのに。
勿論《もちろん》、不評なんか広めてない、殿下の良い噂を広めたのだ。
彼に悪影響を与える人間だって、金を渡して遠くへやった。
誰も気付いてないの？
そういうのは言わなくても周りが気付いて殿下に報告するんじゃないの？
もしかして、私が不幸になってから皆が気付いて嘆《なげ》くってやつ？
その後に皆が私を求めて謝罪に来るっていう話？
それもいいかもしれないけど、私は今すぐがいい。
いつ殿下が謝罪に来るか分からないのを待ち続けるなんてイヤ。
誰か助けて。
この私を助けなさい。
けれど周囲を見渡しても、誰も助けてくれない。

汚《けが》らわしいものを見る目で私を見ている。

以前は私を崇拝していた者達なのに、どうしてそんな目で見ているの？

今なら怒らないから、お父様も屋敷から出てきて「さっきはキツく言いすぎた」って言って。私はお父様を許すわ。ねぇ、早く出てきて。私をいつまでここに立たせておく気なの？

ねぇ、本気なの？

嘘よね？

……嘘。


……それからどうしたのか、思い出せない。

気が付いたら、知らない場所を歩いていた。

ここが何処《どこ》で、自分が何処《どこ》に向かっているのかも知らない。

ねぇ、誰か教えて。

私、この後どうすれば良いの？

その時は、全く気付いていなかった。

屋敷が修繕されていないことや、お父様の身なりが安物に変わっていたこと。

お父様が侯爵という立場をなくしても、あの屋敷に住まわされていた理由も。

あの騎士達が護衛ではなく監視だったことも。

私に、分かるわけがなかった。

エピローグ

あれよあれよと王太子殿下との婚約が公《おおやけ》に決まり、翌年、私達は結婚した。
多くの貴族達に祝福され、国民にも受け入れられている。
勿論《もちろん》、多くの貴族であって、全ての貴族ではない。
未だにステファニー様のほうが良いと仰《おっしゃ》るご夫人もちゃんといる。
あの後、王妃陛下には何度もお茶会に誘《さそ》われ良好な関係を築《きず》いた。
たまにビンセント殿下も一緒に三人でのんびりすることもある。
その時の王妃陛下の表情はとても穏やかで、殿下の誤解も解けたように見える。
今でも殿下の隣が私で良いのかと疑問に思うことはあった。
それでも私はここにいる。
この立場で必死に生きていく。
何故《なぜ》なら……
「ソフィア、どうした？」
隣に立つ殿下が心配そうに、私の顔を覗き込む。
「……殿下」

「ビンセント」

「ビ、ビンセント様」

最近名前を呼んでほしいと言われるが、なかなか慣れず……

「ん、どうした？　ソフィア」

名前を呼んだだけなのに……やめて、そんな微笑《ほほえ》みで見つめないで。

もう真実を言っても良いのかな？

「何だ？」

「ビンセント様は知らないと思いますが、私……ビンセント様のことが好きなんですよ」

私の真剣な思いにビンセント様は驚くものの、次の瞬間には満面の笑みになった。

「ふふ、そんなことずっと前から知っていたさ」

「そうなんですか？」

「当然だ」

腰を抱き寄せられ、ビンセント様の口が耳元まで近づく。

「ソフィアは知らないかもしれないが、私はソフィアのことを愛しているんだよ」

「ふふ、ずっと前から知ってました」

「そうか」

「はい」

「お二人とも〜、こちらにぃ〜」

いつも元気に話し掛けてくれる騎士の青年に呼ばれる。騎士だけでなく、多くの使用人が私達を待ち構えていた。

王宮の庭園の中に小さなパーティー会場が設営されている。

「ん？　何だ、これは」

ビンセント様は何が起きているのか分からないようだ。

「ふふ」

「ソフィアが？」

「皆さんが祝ってくださると。なので、殿……ビンセント様を驚かせちゃおうかなって」

そこにはこの国の仕来《しき》たりにない小さな結婚式場があった。

王宮に仕える者達が音楽に合わせてダンスをし、ケーキを食べる。

ぎこちない表情のビンセント様も、いつの間にか楽しそうにしていた。

あの頃が嘘のように、ビンセント様と皆の距離が縮まっている。

あぁ、頑張って良かった。

「あぁあ、残念だよ」

「えっ？」

突然の声に振り返ると、キラキラな人がいた。

確か以前、花を一輪差し上げた人だ。

「アルベルト殿下か」

いつの間にか、ビンセント様が隣にいた。

今、ビンセント様はこの人のことをアルベルト殿下って？

この人が殿下？

殿下って何だっけ？

王子ってこと？　隣国の？　王子？

……あの日、私はこの人に会ったんだっけ？

なんか失礼なこと……し……たんじゃないの？

うそ……

「本当は結婚式に参加する予定だったんだが、ちょっとゴタゴタしてな。今回偶然とはいえ、二人の式に参加できて良かったよ」

「私もソフィアがこんなことを計画していたとは知りませんでした」

「彼女は面白いことを考えますね」

「本当に」

「羨《うらや》ましいですね」

「私の妃ですからね」

男達の火花が散っていることに全く気付かず、私は過去に粗相していないか不安で胸が締め付けられていた。

隣国の王子に何かしていたら外交問題。近づくのをやめようと、少しずつ距離を取る。

「あの日からずっと令嬢のことが気になっておりましたが、国のことを片付けていたら遅れてしまいました。間に合わず残念です。ですが私はまだ諦めてはおりませんので、それでは――」

けれど去り際に、アルベルト殿下に耳元で囁《ささや》かれた。

何だか恐ろしいことを言われたような……

波乱はいりません。私は穏やかに過ごしたいんです。


【アルベルト】


アセトン王国には領土の大きさで負けてはいても、国力では我がリーベン王国が勝っていると自負している。

それに昔から、私は自分と同い年の隣国の王子――ビンセントは頼りないと思っていた。

代わりに婚約者がとても優秀だと聞いていたが、彼女には一度も会ったことがない。

ビンセントが国王となった時、その婚約者を手に入れれば、すぐに隣国は崩れるだろう。だが、する気にならなかった。

その婚約者が面白味のない女だと判断したからだ。

我が国にもいる淑女教育を淡々とこなすだけの女、人形令嬢。

そんなものに興味はない。

もっと面白い令嬢はいないのか……どの国も同じだな。

それでも、私はアセトン王国を訪問せねばならない。

いずれあの国を手に入れるために、私自身の目で確かめておかねばならなかった。


アセトン王国に着き、私は美しい令嬢に王宮内を案内された。

きっとこの令嬢がビンセントの婚約者なのだろう。

立ち居振る舞いは完璧、王宮での態度もまるで自身の屋敷にいるかのようだ。

少し令嬢に対する使用人の目が気になったが、そこまで大きなものではない。

案内されるがまま、庭園に向かう。するとそこに、たくさんの花束を抱えた令嬢がいた。

庭師と仲良く談笑している。

王宮で貴族と仲睦《なかむつ》まじげに接する令嬢はいても、王宮に仕えている庭師と談笑する令嬢は珍しい。

庭師のほうも令嬢に気軽に接しているように見える。

普段からこの令嬢とよく話しているのかもしれない。

その令嬢に、私の案内を任せられた令嬢が声を掛けた。

二人の会話を聞き、この令嬢が私のために花を調達してくれていたことを知る。

私が本人だと気付かずに。

本当に私を隣国の王子と知らずに花をくれたのか、それともそれがあの令嬢の手練手管《てれんてくだ》なのか、従者に調べさせる。

何も知らない振りをして近づいてくる令嬢が、たまにいるのだ。

あの令嬢もその類《たぐ》いかもしれない。

良からぬ相手に近づくのは後々面倒だ。

けれど調べさせた従者によれば、あの令嬢は私の到着日を間違って知らされていたそうだ。

王妃とあの案内した令嬢によるものらしい。

花の令嬢はあの二人によく思われてはいないようだ。

案内を任せられた令嬢は優秀で、十年もビンセントの婚約者をしていたという。

卒業パーティーで婚約破棄をするとは、ビンセントは噂以上に愚かなのかもしれないな。

その後、新たな婚約者となったのが、あの花の令嬢か……

噂では娼婦のようだとか。

私はあの花の令嬢に騙《だま》されているのか？

なかなか面白い、あの令嬢に興味が湧くな。

労働改革の法案にケーキ大会、騎士や使用人の掌握《しょうあく》。貴族や王族からの信頼。短期間で人間を変えるなんて素晴らしい。それが娼婦の手練手管《てれんてくだ》だとしても、あの令嬢を見過ごすは惜しいだろう。

まさかアセトン王国でこんな面白い令嬢に出会えるとは、私は幸運だ。

再び令嬢に会えないかと散歩していると、見るからに悩んでいる男がいた。

何か面白い予感がしたので声を掛ける。聞けば、あの花の令嬢のために作ったのと似たドレスを作り、本物と交換しろと命じられたという。

相手を聞かなくても想像できた。

アドバイスなどする気はなかったが、隣国の珍しい生地とは我が国のものだろうと予想し、花の令嬢のドレス姿を見たいと思う。

交換などするなよと、私なりに伝えたつもりだ。

結果、建国記念パーティーでのソフィア嬢は美しかった。

ドレスもとてもよく似合っていた。

できることなら私の隣にいてほしい。

まずは国に戻り、私は悪党どもを一掃する。

あの令嬢を迎え入れるには、私もそれなりの行動が必要だ。

ただ、解決に時間が掛かり、私は間に合わなかった。

いや、諦めるつもりはない。

あの令嬢の隣には、あれより私が相応《ふさわ》しい。

ソフィア嬢、貴方を必ず手に入れますよ。


【ビンセント】

いつからか、私はソフィアが別人なのではないかと思うようになった。

学園にいた頃は、私の話を凄《すご》いと言って微笑《ほほえ》み、助けを求める時は瞳を潤《うる》ませ縋《すが》ってきた。そんなふうに、とても分かりやすく私を頼り必要としてくれたのだ。

今までそんな令嬢……貴族は、周囲にいなかった。

以前までは、私の言葉など誰にも届くことはないと諦め、自分が本当に存在しているのかと自問自答する毎日だった。

婚約者がいなければ、私は誰の目にも映っていないのではないか？　婚約者だけが必要とされ、付属品の私は個人として必要とされない存在なのでは？　そう思うようになっていた。

一度浮かんだ疑問は、頭から離れなくなる。

時間が止まっているように毎日が長く感じた。

余計なことを考えないように知識を詰め込み、悪夢に魘《うな》されることなく眠れるように一人剣を振り続け気絶するように眠りにつく。

この状況から解放されるような出来事が起きるとは、期待していなかった。

そんな奇跡、存在しない……たとえあったとしても私には起こり得ない。

奇跡は選ばれた人のみに起こるもので、私は神の目に映っていないのだろう。

そんな時に、ソフィアが突然現れた。

礼儀作法は全くなっておらず、淑女教育も身についていていない。貴族だと聞いた時は、申し訳ないが言葉が出なかったくらいだ。

私と比べては可哀想だとは思ったが、私以上に何もできない。

それなのに、ソフィアは堂々として自由だ。

彼女といると自然に笑えるし、もっと一緒にいたいと思った。

貴族の目から隠れるようにしていた私が誰かと一緒にいたいと思うなんて自分でも驚く。

それからは学園が楽しかった。

……生きていてこんなに楽しいと思えたのは初めてだ。

王宮は牢獄のようで、これが一生続くのかと絶望していたのに。

不純な動機だが、私はソフィアに会いに学園に通っていた。

ソフィアには何でも話した。無能な私の……愚かな悩みにも、彼女は真剣に耳を傾けてくれる。

私のことで必死に悩んでくれるソフィアの姿を見られるだけで満足していた。

だから、ソフィアの口から「婚約解消」の言葉を聞いた時、その予想を遥かに超えた行動に言葉を失った。

王も王妃も貴族の誰もが認めないだろう……

「だったら、誰にも邪魔されないよう、卒業パーティーで婚約解消を宣言したら良いんじゃないですか？」

諦め癖のついていた私は早々に考えるのを放棄していたのに、ソフィアはいとも簡単に言う。

卒業パーティーで婚約解消なんて、全く選択肢になかった。

婚約解消は両家の話し合いで決めるもので、衆人環視の中で行うものではない。

だけど……ソフィアの提案に乗れば、婚約解消できるかもしれないと希望を持ってしまう。

そして、卒業パーティーで私は宣言した。

多くの貴族を前にすると震えたが、隣にはソフィアいる。それだけで俯《うつむ》くことはなかった。

「ステファニー・グロッサム、今日をもって貴方との婚約を破棄させてもらう」

解消と宣言するつもりが、気付けば破棄と宣言していた。もっとも、パーティーの後、すぐに訂正したが。

「……謹《つつし》んでお受けいたします」

令嬢は反論することなく受け入れた。

完璧な淑女教育を受けた彼女の表情からは何も読み取れなかったが、その反応に、あちらも私と結婚したくなかったのだと知る。

当然か。

優秀な彼女にとって、私は不満でしかなかったのだろう。

（私が王族だから、仕方がなく「我慢」していたんだな……）

ようやく私は解放された。

何の非もない相手に誰の承諾も得ることなく一方的に婚約解消を押し付けた愚かな王子……それが私の評価だろう。このことで王宮を去ることになるかもしれないが、構わなかった。

それだけのことをしたと理解している。

（王族でなくなった時、ソフィアは私をどう思うだろうか？）

一緒にいてくれるだろうか？　それとも王子という立場を失った私には何の価値もないと離れて

いくのだろうか？

ソフィアに捨てられたら、一人死んでいくのも良いかもしれない。

　こんな地獄より、自由な死を選ぼう。


……今のところ私は王族のままだった。

両親からはソフィアを認める条件として、「彼女が王妃教育を終了すること」とされる。

ソフィアが勉強が苦手だというのは知っていたし、王も王妃も嫌がらせで言っているわけではない。王族の婚約者ならば当たり前のこと。

ソフィアは耐えられるだろうか？

王妃教育の辛《つら》さでソフィアがいなくなってしまうのは嫌だ。

私の知らないところで傷つき苦しんでいないか心配で、時間を作っては二人のお茶会をした。

私はソフィアを確認せずにはいられなかった。

些細《ささい》なことでも見逃したくない。

私が励《はげ》まさなければならないのに、ソフィアの見せる笑顔にこちらが安心するばかりの日々。

王妃教育を受けるようになってから、ソフィアが変わったように感じる。

雰囲気もだが、会話の内容も、それにお願いの種類も変わった。

使用人を褒めてほしい、騎士を認めてほしい、労働者を助けてほしいなど、他人のことばかりだ。

その願いを叶えている内に、何故《なぜ》か私を見る周囲の目も変わった。

また、よく欲しがっていたドレスや宝石もそんな高いものは必要ないと言い始める。

私達の婚約（仮）御披露目の時ですら、かなり値段を抑えたものだった。

学生の頃に学園パーティーに着ていくドレスが無いと泣かれたことがあったのを思い出す。

王族の私が婚約者でもないソフィアに個人的にドレスを贈ることは許されなかったので、考えた末、学園にドレスを何着か寄付し、それをソフィアが一番に使用したことがあった。

ソフィアにはこのドレスを着てほしいと言って渡したが、パーティー後には「学園に寄付したらどうか？」と話したのだ。

最初は手放したくないと譲らなかったが、パーティーの度にソフィアには新たなドレスを着てほしいと話すと、使用したドレスを学園に返すことに同意してくれる。

なので、学園に寄付したドレスの値段は知っていたが、貴族が社交界で着る本格的なドレスの値段は想像するしかなかった。

そのせいかと思いデザイナーや予算管理に確認してみたが、前婚約者の半分にも満たない金額だ。

前婚約者にドレスを贈ったことはないが、王妃が勝手に贈っていたのは知っている。

前婚約者には興味がなかったので止めもしなかったが、その時の値段とは比べものにならない。

これでは私がソフィアを蔑《ないがし》ろにしていると思われるではないかと抗議したが、デザイナーからソフィアの気持ちを知らされた。

彼女はものを大切にする純粋な子だった。

そこに、三年間一緒にいても私の知らないソフィアがいた。

学園パーティーでドレスを手放さなかったのも、思い出を大切にしたかったからかもしれない。

なのに私は、事情を説明せずに学園に返させた。

説明すれば分かってくれたに違いないのに、私はソフィアを信じていなかった……

その後、デザイナーも宝石を散りばめるだけの豪華なドレスではなく技術で勝負したいと張り切る。「ソフィア様の恥にならないものを作ってみせます」と豪語する目は力強くて圧倒されてしまい、私は彼の熱い思いを信じることにした。

しかし、ソフィアだけ価格の抑えたものでは何かと噂になると考え、私のものも一緒に依頼する。

ソフィアのドレスの対になるように。

当日。私達のドレスが対であるのに気付いたソフィアの表情はとても愛《いと》おしかった。

やはりソフィアは優しい女性だ。

またある時は、ソフィアから欲しいものがあると言われ、仮とはいえ婚約者となったので後ろめたいことなどなくどんな高いものでも贈れると思い、何でも言ってくれと返した。

詳しく聞くと「珍しいケーキが食べたい」と言う。なんて可愛いんだと思った。

ソフィアの願いは何でも叶えたくなってしまう。

それにしてもお願いする時、くねくねしたり語尾を伸ばすのは癖なのだろうか？

私にだけ見せる姿なので、止《や》めろとは言わなかった。

王妃教育の過程でソフィアは著《いちじる》しく変わっていったが、些細《ささい》なところで昔のソフィアを思い出すことができる。そこに安心するのと同時に見ていて面白かった。

私はソフィアの願いを叶えるために、各領地のご当地ケーキ大会を開催することにした。

その企画のお陰か、貴族との会話が増え、知らない内に周囲を意識することなく堂々と振る舞えるようになる。

加えて、このケーキ大会は国全体が動く祭りとなった。法案を提出した時に顔を合わせた大臣には、かなりの経済効果が生まれ、長く続けば大きな利益になると報告されている。

大臣から声をかけられたのは生まれて初めてのことだった。


私はただソフィアを喜ばせ、「いい子いい子」というご褒美が欲しかっただけなんだ。

ソフィアに頭を撫《な》でられていると、逆立っていた心が癒《いや》され穏やかな気持ちになり、楽になれる。

ソフィアのための行動が、いつの間にか私の評価を向上させた。

ソフィアの笑顔は皆を幸せにしてくれる。

私は今後もソフィアを悲しませることなく、その笑顔を守り続けよう。

ソフィアさえいてくれれば私は幸せだ。

なので、前婚約者の末路を心優しいソフィアに話す必要はない。

そんな醜《みにく》い真実は私が処理すればいい。

ソフィアは今のまま笑っていてほしい。

最近、ソフィアの素晴らしさに気付いてしまった隣国の王子がコソコソと動いているようだが、ソフィアを手放す気はない。

ソフィアは私の妃だ、誰にも渡すつもりはない。
あの頃の私は、ソフィアが好きだった。
今の私は、ソフィアを愛してる。

華麗に離縁してみせますわ！
Karei ni rien shite misemasuwa.
漫画：あばたも
原作：白乃いちじく
1
逃亡資金を貯めるため
好きにやらせていただきます

大好評発売中!!

恋人のいたエイドリアンと結婚したローザ。「お前ほど醜い女はいないな。興ざめだ。」初夜でそんな言葉を投げつけられたものの、ただ父の命令で嫁いだだけの彼女には、エイドリアンへの好意はこれっぽっちもない。一刻も早く父の管理下から逃れるべく、お金を貯めて離縁して自由を手に入れようと奮起する。一方で、掃除に炊事、子供の世話、畑仕事に剣技と、なんでもこなす一本芯の通ったローザに、エイドリアンはだんだん惹かれていくが…？

アルファポリスwebサイトにて好評連載中！

Regina COMICS

アルファポリス 漫画 検索

ISBN978-4-434-31774-3
B6判 定価:748円(10%税込)

この作品に対する皆様のご意見・ご感想をお待ちしております。

おハガキ・お手紙は以下の宛先にお送りください。

【宛先】

〒150-6008 東京都渋谷区恵比寿4-20-3 恵比寿ガーデンプレイスタワー８F
（株）アルファポリス　書籍感想係

メールフォームでのご意見・ご感想は右のＱＲコードから、
あるいは以下のワードで検索をかけてください。

アルファポリス　書籍の感想　検索

ご感想はこちらから

本書は、「アルファポリス」（https://www.alphapolis.co.jp/）に掲載されていたものを、改題、改稿、加筆のうえ、書籍化したものです。

うそっ、侯爵令嬢《こうしゃくれいじょう》を押《お》し退《の》けて王子《おうじ》の婚約者《こんやくしゃ》（仮《かり》）になった女《おんな》に転生《てんせい》？～しかも今日《きょう》から王妃《おうひ》教育《きょういく》ですって？～

天冨 七緒（あまとみ なお）

2023年4月5日初版発行

編集－黒倉あゆ子
編集長－倉持真理
発行者－梶本雄介
発行所－株式会社アルファポリス
〒150-6008 東京都渋谷区恵比寿4-20-3 恵比寿ガーデンプレイスタワー8F
TEL 03-6277-1601（営業） 03-6277-1602（編集）
URL https://www.alphapolis.co.jp/
発売元－株式会社星雲社（共同出版社・流通責任出版社）
〒112-0005 東京都文京区水道1-3-30
TEL 03-3868-3275
装丁・本文イラスト－七月タミカ
装丁デザイン－AFTERGLOW
（レーベルフォーマットデザイン―ansyyqdesign）
印刷－中央精版印刷株式会社

価格はカバーに表示されてあります。

落丁乱丁の場合はアルファポリスまでご連絡ください。

送料は小社負担でお取り替えします。


ISBN978-4-434-31780-4 C0093